# 파 이 자 게 네
Faïza Guène

1985년 프랑스 보비니의 알제리 이민가정에서 태어났다. 글쓰기를
좋아해 문학반 활동을 하면서 쓴 소설이 우연히 아셰트 출판사 편
집자의 눈에 띄어 데뷔했다. 그 책이 바로 『내일은 키프키프』.
파리 변두리에 사는 모로코 출신 소녀의 일상을 담담하게 담아낸
『내일은 키프키프』는 자칫 우울하게 그리기 쉬운 이민가정의 삶을
풋풋한 열일곱 살 소녀의 눈을 통해 바라본 작품으로, 출간 두 달
만에 3만 부가 팔리며 많은 사랑을 받았다. 글쓰기 외에 파이자 게
네가 몰두하는 것은 영화 만들기이다. 열세 살 때부터 파리 북쪽
변두리 팡탱의 영화서클 '씨 뿌리는 사람들'에서 단편영화를 만들
어왔고, 2004년에는 프랑스 국립영화제작소의 지원을 받아 27분
짜리 중편영화를 제작하기도 했다.

일러스트 김여동 · 표지박진범 · 본문 이원경

내일은

# 키프키프

**Kiffe Kiffe Demain**
by Faïza Guène

Copyright © Hachette Littératures, 2004
Korean Translation Copyright © MUNHAKDONGNE Publishing Corp.,2006

This Korean edition is published by arrangement with Hachette Littératures
through Bestun Korea Agency.
All Rights Reserved.

이 책의 한국어판 저작권은 Bestun Korea Agency를 통해
Hachette Littératures와 독점 계약한 (주)문학동네에 있습니다.
저작권법에 의해 한국에서 보호를 받는 저작물이므로
무단 전재 및 무단 복제를 금합니다.


이 도서의 국립중앙도서관 출판시도서목록(CIP)은
e-CIP 홈페이지(http://www.nl.go.kr/cip.php)에서 이용하실 수 있습니다.
(CIP제어번호: CIP2006001158)

# 내일은 키프키프

Kiffe Kiffe
Demain

**파이자 게네** 성장소설
김민정 옮김

문학동네

어머니,
그리고 아버지께

차례

오늘은 월요일. 여느 월요일과 마찬가지로 난 뷔를 로 선생님에게 심리치료를 받으러 갔다. 선생님은 못 생겼다. 그리고 좀약 냄새를 풀풀 풍긴다. 사납진 않 지만, 가끔은 사람을 정말로 겁나게 할 때가 있다. 오 늘은 책상 서랍에서 이상야릇한 카드를 한 벌 꺼내서 보여주더니, 뭐가 생각나느냐고 물었다. 말라붙은 토 사물 자국요. 내가 대답을 하자, 선생님은 퉁방울 같 은 눈으로 날 뚫어져라 바라보며 고개를 끄덕였다. 차 뒤창에 매달린 강아지 인형처럼.

심리치료를 받으라고 한 건 학교 선생님들이었다.

툭하면 수업을 거부하고 파업을 벌이더니, 잠시 파업을 중단한 사이 나한테까지 생각이 미친 모양이었다. 나처럼 사회성 없는 아이는 누군가 속내를 털어놓을 사람이 필요하대나…… 그럴지도 모르지. 그러거나 말거나. 난 꼬박꼬박 뷔를로 선생님한테 간다. 비용은 의료보험공단에서 대는 거니까.

아빠가 떠난 후로 내가 이렇게 돼버린 것 같다. 아빠 아주 멀리 떠났다. 모로코로 되돌아가버렸다. 아이를 쑥쑥 잘 낳을 수 있는 젊은 여자랑 다시 결혼하기 위해. 엄마는 나를 낳고 나서는 두 번 다시 아이를 갖지 못했다. 오래도록 무던히 애를 썼는데도. 한 번에 덜컥 임신이 되어버리는 여자들도 있는 걸 보면 참…… 아빠는 아들을 원했다. 집안의 자랑거리이자 가문의 영광인 아들, 대를 이어갈 아들을. 그밖에도 이런저런 같잖은 이유로 아빠를 기쁘게 해줄 아들을. 하지만 아빠는 엄마한테서 결국 딸 하나밖에 얻지 못했다. 그게 바로 나다. 그러니까, 난 고객의 기대에 부응하지 못하는 상품이었다. 게다가 '애프터서비스'

도 불가능했다(까르푸에서 산 물건이었다면 몰라도). 어느 날, 변덕쟁이 아빠는 깨달았다. 엄마를 붙들고 아무리 씨름해봐야 소용없다는 것을. 그길로 아빠는 떠났다. 그냥 그렇게. 한마디 말도 없이. 기억나는 건 내가 동네 비디오가게에서 〈X파일〉 4부를 빌려와 보고 있었다는 것뿐이다. 갑자기 쾅 하고 문 닫히는 소리가 났다. 창밖을 내다보니 회색 택시 한 대가 골목을 빠져나가고 있었다. 그걸로 끝이었다. 그후로 반년이 지났다. 지금쯤 아빠랑 결혼한 촌뜨기는 배가 불러 있겠지. 안 봐도 뻔하다. 아이가 태어난 지 이레째가 되면 온 동네 사람들을 불러모아 떠들썩하게 잔치를 벌일 거다. 동네 어르신들로 구성된 악단을 특별히 초청해서 낙타가죽 북을 둥둥 울려대게 하고. 그러자면 돈깨나 들걸? 르노 사에서 퇴직금으로 받은 돈을 몽땅 털어넣겠지. 축하 공연이 끝나면 살이 통통하게 오른 양의 목을 따고 그 잘난 아기한테 이름을 지어줄 거다. 십중팔구, 모하메드라고.

아빠가 보고 싶지 않으냐고 뷔를로 선생님이 물어

볼 때마다 난 아니라고 대답한다. 하지만 선생님은 내 말을 믿지 않는다. 여자라서 눈치 하나는 빠르다. 어쨌든 난 괜찮다, 엄마가 곁에 있으니까. 적어도 육체적으로는. 정신적으로 엄마는 늘 멀리 있다. 아빠보다도 더 멀리.

이제 라마단이 시작된 지 일 주일 남짓. 난 이번 학기 급식 불가 사유서에다 엄마의 서명을 받아 담임선생님에게 내밀었다. 그러자 선생님은 누굴 바보로 아느냐며 화를 냈다. 우리의 담임 루아조 선생은 '뚱땡이'에다 '새대가리'다('루아조'가 바로 새를 뜻하는 말 아냐?*). 입만 열면 싸구려 포도주 냄새가 진동하는데다 그것도 모자라 파이프까지 빨아댄다. 수업이

---

* 프랑스어로 '새'를 뜻하는 단어 '우아조(oiseau)'에 정관사가 붙으면 '루아조(l'oiseau)'가 된다. 선생님의 이름인 루아조(Loiseau)와 같은 발음이라 말장난을 한 것이다.

끝나면 누나가 몰고 온 빨간 '사프란'에 실려간다. 그러니 우리 앞에서 엄한 담임 노릇을 하려고 들면 먹혀들 리가 있나.

참, 루아조 선생님이 자길 바보로 아느냐며 화를 낸 건 내가 엄마 대신 서명을 했다고 생각했기 때문이다. 진짜 새대가리다. 그랬으면 좀더 그럴듯하게 서명을 하지, 그렇게 괴발개발 했겠냐고. 우리 엄마는 펜도 제대로 쥘 줄 모르는 사람이다. 새대가리씨는 모든 사람이 글을 읽고 쓸 줄 안다고 생각하는 모양이다. 문맹은 에이즈 같은 거라고, 아프리카에나 존재하는 거라고 믿는 부류에 속하는 게 틀림없다.

얼마 전부터 엄마는 바뇰레에 있는 '포뮬러윈' 호텔에서 청소부로 일하고 있다. 더 나은 일자리가 생겼으면 좋겠다, 빨리. 가끔 엄마가 밤늦게 돌아와서 우는 걸 봤다. 피곤하단다. 라마단이 시작되면 엄마는 한층 고달프다. 먹지도 못한 채 일을 해야 하니까. 금식기간이라도 해가 지고 나면, 그러니까 오후 다섯시 반이 지나면 먹을 수가 있지만, 그때도 계속 일을 해야 한다. 그래서 엄마는 대추야자를 작업복 안에 숨겨놓고 먹으면서 청소를 한다. 작업복 윗도리 안에 따로 주머니까지 만들어놓았다. 혹시라도 사장한테 들킬까봐.

포뮬러원 호텔에서 엄마는 '파트마 아주머니'로 통한다. 엄마는 쉴 새 없이 불려다닌다. 그리고 사방에서 감시당한다. 객실에서 물건을 슬쩍하지 못하도록.

사실 엄마의 이름은 '파트마'가 아니라 '야스미나'다. 사장인 시옹 씨는 아랍 여자들을 무조건 파트마라 부른다. 흑인 여자들은 무조건 마마두, 중국 여자들은 무조건 핑퐁이다. 재밌나보다. 사람들을 바보 취급하면서 아무렇게나 불러대는 게……

시옹 씨는 알자스 사람이다. 가끔 난 그 아저씨가 창고에 갇혀 생쥐떼에 갉혀 죽는 상상을 한다. 내가 그 이야기를 할 때마다 엄마는 날 나무란다. 남이 죽는 걸 바라선 안 된단다. 아무리 못된 인간이라도. 어느 날, 시옹 씨한테 욕을 한 바가지 얻어먹고 온 엄마는 정말 심하게 울었다. 동계 산악훈련 때 저도 모르게 오줌을 싸버렸던 미리암처럼. 둔탱이 사장 시옹 씨. 그 아저씬 엄마가 자기를 놀려먹는 줄 알았던 거다. 말투가 어눌해서 '시옹'을 '시앙'*이라고 발음하는 줄 모르고.

---

* '시앙(chiant)'은 프랑스어로 '귀찮은' '성가신' 등의 뜻을 지녔다.

아빠가 떠난 다음부터 각양각색의 사회복지사들이 우리 집을 찾았다. 요즘 찾아오는 복지사는 누군지 성도 잘 모르겠다. 뒤부아인지 뒤퐁인지 뒤프레인지, 좌우지간 '뒤' 어쩌고 하는 성을 가진 여자 선생님이다. 푼수끼가 있는데다 툭하면 실실 웃어댄다. 웃을 때가 아닌데도. 남들 몫까지 대신 행복해지려고 기를 쓰는 것 같다. 언젠가는 나한테 친구가 되자고 한 적도 있다. 난 못된 아이니만큼 그럴 수 없다고 대꾸해주었다. 분위기가 썰렁해졌다. 엄마는 날 째려보았다. 푼수 같은 사회복지사랑 내가 친하게 지내지 않으면 구청에서 우릴 도와주지 않을 거라고 생각했겠지.

뒤거시기 선생님의 전임자는…… 그렇다. 남자였다. 남자 사회복지사. 그 아저씬 TF1 채널에서 〈금요일 밤의 영웅들〉이란 프로그램을 진행했던 로랑 카브롤을 꼭 닮았는데. 아쉽게도 그 프로그램은 막을 내려버렸다. 요즘 카브롤은 『TV 매거진』 30페이지 우측 하단에 아주 조그맣게 등장한다. 노랑 바탕에 검정 줄무늬가 들어간 폴로셔츠를 입고 보일러 선전을 하면서. 그건 그렇고, 짝퉁 로랑 카브롤 선생님은 뒤거시기 선생님과는 완전히 딴판이었다. 절대로 농담을 하지 않았다. 웃지도 않았다. 그리고 늘 정장 차림이었다, 만화 『땡땡의 모험』에 나오는 '해바라기' 교수처럼. 언젠가 선생님은 십 년 동안 복지사 노릇을 해왔지만, 이런 가정에 자식이 하나뿐인 경우는 처음 봤다며 놀라워했다. 이런 가정이라니, '아랍인' 가정이라는 말이었겠지. 선생님은 우리 집에 올 때마다 이국적인 분위기에 빠지는 것 같았다. 엄마가 가구 위에 진열해놓은 모로코 물건들을 신기하다는 듯 바라보는가 하면, 집에 들어올 때도 예의를 차린다고 신발을 벗었다(우리 모로코 사람들은 집에서 '바부슈'라는 가죽 슬리퍼를 신고 돌아다닌다). 문제는, 선생님의 발 모양새였다. 검지발가락이 엄지발가락보다 한 열 배는 더 길었다. 꼭 우리한테 '발가락 감자'를 먹이는 것 같았다. 게다가 그 냄새하며. 선생님은 싹싹한 척했지만, 다 '뻥'이었다. 뻥이었고말고. 사실 우리 같은 사람들은 안중에도 없었으니까. 오래지 않아 선생님은 복지사 일을 그만두었다. 시골로 내려갔다는 소문이 들렸다. 그렇다면 지금쯤 치즈를 만들고 있겠지. 일요일마다 미사가 끝나면 하늘색 트럭을 몰고 운치 있는 시골마을을 돌아다니며 수제 호밀빵이랑 로크포르 치즈랑 살라미 소시지 등등을 팔겠지.

뒤거시기 선생님은 푼수 같긴 해도 복지사 노릇을 꽤 열심히 한다. 우리 같은 사람들한테 관심 있는 것 같아 보일 때가 한두 번이 아니다. 가끔은 진심이라고 믿고 싶을 때도 있다. 가끔 선생님은 새된 목소리로 나한테 이것저것 물어본다. 며칠 전에는 최근에 어떤 책을 읽었느냐고 물어왔다. 난 '아무것도 안 읽었다'는 뜻으로 어깨만 으쓱하고 말았다. 사실 타하르 벤 젤룬의 『모래 아이』*를 막 읽고 난 참이었다. 실화를 바탕으로 한 소설인데, 남자로 키워진 여자에 대한 이야기였다. 그녀는 딸만 일곱이던 집안에 여덟번째로 태어난 딸이었고, 그녀의 아버지는 아들을 간절히 원하고 있었다. 그래서 그런 일이 벌어진 것이다. 당시엔 출산 전 성 감별도 임신중절도 할 수 없었으니까. 즉 '수선'이나 '교환'이 불가능했다는 말이다.

운명이란 참 개똥 같다. 왜냐, 어쩔 수가 없는 것이니까. 뭘 하든 항상 날 엿 먹인단 말이지. 엄마는 입버릇처럼 말한다. 아빠가 우릴 버리고 떠난 건 저 어딘가에 이미 적혀 있는 일이라고. 그걸 아랍어로는 '마크툽'이라고 한다. 그러니까 우리는 그 시나리오대로

---

* 모로코에서 태어나 프랑스에서 작가로 활동하며 공쿠르 상까지 수상한 작가 타하르 벤 젤룬(Tahar Ben Jelloun)의 1985년 작.

움직이는 배우들인 셈이다. 문제는 우리의 시나리오
작가께서 글재주라곤 털끝만큼도 없다는 사실이다.
쓰려면 좀 멋지게 쓸 것이지.

엄마는 결혼할 때까지만 해도 프랑스가 1960년대 흑백영화에 나오는 그런 나라일 거라 생각하고 있었단다. 담배를 꼬나문 미남 청년이 애인 앞에서 잔뜩 '폼'을 잡는 그런 장면들만 머릿속에 가득했다는 얘기지. 엄만 부슈라 이모랑 짜고 쿠스쿠스용 스테인리스 냄비를 안테나로 개조해서 함께 프랑스 방송을 봤대나. 그러니 아빠랑 1984년 2월 이곳 리브리 가르강*에 도착했을 땐 배를 잘못 타서 엉뚱한 곳에 온 줄로

---

* 파리 북동부 센 생 드니 지역에 속하며 북아프리카 이민 출신자들이 많이 사는 곳.

만 알았을 수밖에. 이 좁아터진 방 두 칸짜리 임대아파트에 도착하자마자 엄마가 한 일은 먹은 걸 다 토해내는 것이었다고 한다. 뱃멀미가 나서였을까, 앞날이 두려워서였을까.

요전에 모로코에 갔을 때가 기억난다. 그런데 나 참 기가 막혀서…… 결혼식이니 성명식이니 할례*니 행사가 있을 때마다 알록달록 문신을 한 친척 할머니들이 엄마를 쿡쿡 찔러댔다.

"애, 야스미나, 이제 네 딸아이도 여자구실을 할 나이가 된 것 같은데, 좋은 짝을 찾아줘야지? 라시드 알지? 용접일 하는 총각 말이야……."

멍청한 할망구들. 그럼 알고말고! 온 동네 사람들이 '일자무식 라시드'라고 놀려대는 바로 그 라시드. 여덟 살짜리 코흘리개들한테도 돈을 뜯기고 놀림을 당하는 라시드. 앞니 네 개가 몽땅 떨어져나간데다 읽지도 쓰지도 못하는 주제에 지린내나 풍기는 사팔

---

\* 남자의 성기 끝 살가죽을 끊어내는 풍습. 현재도 유대교도, 이슬람교도, 아프리카의 여러 종족이 행하고 있다.

뜨기. 우리 고향에선 여자아이의 가슴이 조금이라도 부풀어오르기 시작하면, 조용히 하라고 할 때 입을 다물 줄 알고 식사 준비를 하라고 할 때 빵을 구울 줄만 알면, 대뜸 결혼부터 시키려 든다. 다행히, 더는 모로코에 갈 일이 없을 것 같긴 하다. 그럴 돈도 없을 뿐 아니라, 엄마는 남세스러워서 안 된다고 했다. 다들 엄마를 손가락질해댈 거라고. 엄만 일이 그렇게 된 게 다 당신 탓이라 여긴다. 하지만 난 그렇게 생각하지 않는다. 아빠랑 그놈의 운명이라는 게 문제지.

미래가 불안하더라도 걱정만 하고 있어선 안 될 일. 어쩌면 미래 같은 건 아예 없을 수도 있으니까. 열흘 뒤에 죽을 수도 있다. 아니, 내일이나 지금 당장이라도. 죽음은 예고 없이 우리를 덮친다. 전력공사처럼 예고장이나 독촉장 같은 것도 보내지 않고. 13층에 살던 로드리게즈 할아버지도 그렇게 갑자기 돌아가셨다. 진짜 '전쟁'이란 걸 해본 분이셨는데 얼마 전에 돌아가셨으니, 맞아, 오래 사시긴 했다. 그래도 그렇게 갑자기 돌아가실 줄이야.

난 곧잘 죽음에 대해 생각한다. 죽는 꿈을 꿀 때도 있다. 며칠 전 밤에는 내 장례식 광경을 보기도 했다. 장례식장은 썰렁했다. 엄마랑 뷔를로 선생님, 우리 아파트의 승강기를 청소하는 포르투갈 출신 카를라 아줌마랑 타이타닉에 나오는 레오나르도 디카프리오, 그리고 삼 년 전인가 트라프로 이사가버린 어릴 적 친구 사라뿐. 아빠, 오지 않았다. '모하메드' 인지 뭔지를 임신한 촌뜨기 마누라를 돌보느라 짬이 없었겠지. 쳇, 내가 죽었는데도. 치사하다. 아빠 아들은 분명히 머저리일 거다. 용접공 라시드 뺨치는 머저리. 그리고 절름발이에다 근시였으면 좋겠다. 사춘기 땐 왕여드름이나 확 나버려라. 그 촌구석엔 여드름 약도 없을걸? 암시장이나 잘 뒤져보시지. 하긴, 그런 건 생각도 못 할 거야. 틀림없이 덜 떨어진 녀석일 테니까. 부전자전이라고 아빠를 닮아 멍청하겠지. 열여덟 살이 되면 녀석은 시장바닥에서 순무장사를 시작할 테고, 집으로 돌아올 땐 시커먼 나귀 등에 앉아 중얼거리겠지. "난 섹시한 남자야."

　난 이다음에 뭔가 '섹시한' 일을 하고 싶다. 아직은 뭐가 될지 잘 모르겠지만…… 문제는 내 성적이 형편없다는 거다. 미술 성적만 겨우 평균을 유지한다. 그래도 그게 어디야. 하지만 아무리 생각해봐도 마분지에 낙엽 붙이는 재주가 내 장래에 도움이 될 것 같지는 않다. 어쨌든 난 패스트푸드점 계산대 뒤에서 방긋방긋 웃으며 "음료수는 뭐로 하시겠어요? 빅 사이즈요, 스몰 사이즈요? 드시고 가실 건가요, 가지고 가실 건가요? 낙태에 찬성하시나요, 반대하시나요?" 등등의 말을 되풀이하고 싶지는 않다. 나한테 싱긋 웃어 보인 남자한테 감자튀김을 너무 많이 얹어줬다고 지배인에게 구질구질한 잔소리를 듣고 싶지도 않고…… 맞다, 어쩌면 그 남자가 나랑 평생을 함께하게 될지도 모른다. 그 남잔 날 패밀리 레스토랑 '이뽀뽀따뮤스'로 데리고 가서 청혼을 하겠지. 그리고 우린 방 다섯 개짜리 멋진 아파트에서 오래오래 행복하게 잘 살겠지.

가족수당이 나왔다. 잘됐다. 이젠 시내에 있는 '구
호센터'*에 갈 필요가 없으니까. 거긴 보는 눈이 너무
많다. 한번은 엄마랑 같이 거길 갔다가 입구에서 '마
녀' 나세라 아줌마와 마주쳤다. 오랫동안 알고 지내
온 아줌마였다. 엄만 입에 풀칠하기도 힘들 지경이
되면 그 아줌마한테서 돈을 빌린다. 난 그 아줌마가
진짜 싫다. 꼭 사람들이 바글거리는 데서만 돈 빌려
준 걸 기억해내거든. 그게 다 엄마한테 창피를 주기

---

* 빈민구제를 목적으로 민간단체에서 운영하는 가게로, 자발적으로
내놓은 물건을 필요한 사람이 가져갈 수 있게 되어 있다.

위해서다. 어쨌든 그날 우린 구호센터 입구에서 '마녀' 나세라 아줌마랑 딱 마주쳤다. 엄만 안절부절못하는 눈치였지만 아줌만 뛸 듯이 반가워했다.

"어, 야스미나. 여긴 웬일이야? 뭐 좀 얻어가려고?"

"응……"

"난 내놓으려고 왔는데!"

"복 받겠네……."

쳇…… 복은 무슨. 심술이나 왕창 돌려받으라지. 그날 우린 빈손으로 돌아와야 했다. 엄만 '마녀'가 내놓은 옷을 고르게 될까봐 겁이 난다고 했다. 그랬다가 계속 마녀의 입방아에 시달릴까봐. "어머, 내 치마를 입고 있네." 엄마는 이런 소리를 듣느니 옷 없이 사는 게 편하다고 했다. 난 그런 엄마가 자랑스러웠다. 그게 바로 진정한 자존심이거든. 학교에서 배울 수 없는 것들 중 하나지.

학교 이야기가 나왔으니 말인데, 국민윤리 숙제를 해야 한다. '존중'이라는 개념에 대해서 알아오란다. 숙제를 낸 사람은 베르베르 선생님이다. 선생님은 나한테 잘해주려고 하지만, 난 그 선생님이 말을 걸어오는 게 싫다. 구호센터를 지키고 있는 할머니랑 비슷해 보여서. 그 할머닌 엄마랑 내가 스웨터를 고르고 나서 비닐봉투를 달라고 할 때마다 눈물 젖은 눈으로 우리를 바라본다. 그럴 때면 난 스웨터고 뭐고 다 내동댕이친 다음 뛰쳐나가고 싶다. 베르베르 선생님도 그런 기분을 불러일으킨다. 자기가 무슨 예언자라도 되는 줄 아나보다. 뭔가 털어놓고 싶을 때면 언제든지 자기를 찾아오래나…… 그렇게 맘 좋은 척해놓고, 파리의 최신유행 카페에서 친구들을 만나면 외곽지역 공립 고등학교에서 선생 노릇하기가 얼마나 힘든지 하소연을 늘어놓겠지. 우웩.

자, '존중'이라는 개념에 대해 뭐라 말할까? 선생님들이야 숙제 같은 건 거들떠보지도 않을 테지만. 틀림없다. 읽어보지도 않을걸? 대충 점수를 매기고 나서 서류가방 안에 쑤셔넣고는 푹신한 소파에 걸터 앉겠지. 바비 식기 세척기 세트를 가지고 노는 열두 살짜리 파멜라와 제 코딱지를 파먹고 있는 열네 살짜

31

리 브랑동을 양옆에 거느리고. 참, 아내 마리 엘렌은 저녁식사를 준비하기가 귀찮아서 배달을 시키겠지. 그러고는 여성지 『팜 악튀엘』에서 '제모'에 대한 기사를 찾아 읽겠지. 맞다, 인간을 존중하지 않는 행위 중 하나가 바로 제모다. 제모를 하면 아프니까. 사람을 아프게 하는 건 사람을 존중하지 않는 것이다.

난 학교를 그만두고 싶다. 학교라면 넌덜머리가 난다. 가봤자 귀찮은 일만 생기고, 친구도 별로 없으니까. 딱 두 사람뿐이다, 내 속마음을 털어놓을 상대는. 뷔를로 선생님과 하무디 오빠. 하무디 오빠는 동네 건달이다. 나이는 한 서른 살쯤 되었을 텐데, 온종일 상가 주변만 하릴없이 어슬렁거린다. 하무디 오빠 말마따나 난 '키가 딱 대마초 한 개비만 했을 때'부터 하무디 오빠랑 알고 지냈다.

하무디 오빠는 마약을 하며 시간을 죽인다. 언제나 천하태평이다. 그게 내가 하무디 오빠를 좋아하는 이유다. 우린 둘 다 현실도피주의자들이다. 가끔 장을 보고 돌아가는 나를 하무디 오빠가 불러 세운다. "딱

오 분만……" 이렇게 시작된 이야기는 한 시간이고 두 시간이고 계속된다. 이야기를 하는 건 하무디 오빠다. 종종 랭보의 시도 읊어준다. 물론 기억나는 데까지만. 대마라는 게 기억을 잡아먹거든. 어쨌든 하무디 오빠가 건들건들 읊어주는 랭보의 시는 멋있다. 무슨 뜻인지는 잘 모르겠지만.

하무디 오빠가 학교를 그만둔 건 국가적 손실이다. 그게 다 감옥살이 때문이었다. 친구들 꾐에 넘어가 '불미스런' 사건에 연루되었단다. 무슨 일인지는 말해주지 않았다. 어린애가 알아서 좋을 거 없대나. 감옥에서 나온 하무디 오빠는 공부를 때려치웠다. 앞날이 창창한 하무디 오빠였는데. 인문계 고등학교로 가서 대학입학자격시험을 칠 수도 있었을 텐데. 상가 앞에서 하무디 오빠의 몸을 뒤지며 '닭대가리'니 '인간쓰레기'니 하고 욕하는 경찰들을 볼 때마다, 난 그 작자들이 시도 모르는 한심한 인간들일 거라고 생각한다. 하무디 오빠가 좀더 나이 많은 사람이었으면 꼭 아버지처럼 느껴졌을 것 같다. 하무디 오빠는 엄마랑 내가 어떻게 버림받았는지 알고 나서 나를 오래도록 위로해주었다. 도대체 몇 개비째인지 모를 마리화나를 말면서 하무디 오빠는 이렇게 말했다. "가족만큼 소중한 건 없어." 하무디 오빠는 그런 말을 할 만하다. 형제자매가 여덟 명이나 되는데다 하무디 오빠 빼고는 다 결혼해서 대가족을 이루었으니까. 하지만 하무디 오빠는 결혼이라면 질색을 한다. 결혼은 아무 짝에도 쓸모없는 짓거리라고, 괜히 사람을 얽어매기만 할 뿐이라고. 맞는 말이다. 그나마 난 그런 가족도 없다. '반쪽짜리 가족'만 있을 뿐.

심심해서 지하철을 타기로 했다. 목적지도 정하지 않고. 지하철은 심심풀이 장소로 그만이다. 별의별 사람들이 다 있으니까. 정말 재밌다. 난 5호선을 타고 종점에서 종점으로 향했다.

얼마 안 가서 허름한 인조가죽 조끼에 회색 뾰족 모자를 쓴 루마니아인 집시 아저씨 등장. 아저씨는 낡아빠진 아코디언을 들고 있었는데 쓰지 않는 건반에는 먼지가 시커멓게 끼어 있었다. 아저씨는 그 고물 아코디언으로 옛날 영화나 지루한 다큐멘터리에 배경음악으로 나오는 노래들을 연주했다. 웃겼다. 신이

나서 어쩔 줄 모르는 모습이라니. 멋대가리라곤 없어 보이는 깐깐한 할아버지들조차 흥에 겨워 발장단을 맞출 정도였다. 악기의 움직임을 따라 일렁이는 집시 아저씨의 머리. 이라곤 몇 개 남아 있지도 않은 입속이 훤히 드러나는 미소. 만화영화의 한 장면이 생각났다. 〈이상한 나라의 앨리스〉에 나오는 고양이 머리가.

난 상상에 빠졌다. '아저씬 캠핑카를 몰고 돌아다닐 거야. 이 나라 저 나라를 떠돌던 유목민의 후손일 테고. 지금은 파리 근교의 벌판에 살고 있겠지. 루치아(모차렐라 치즈 상표 중에도 '루치아'가 있지)라는 예쁜 아내가 있을 거야. 검은 머리가 물결치듯 허리께에서 일렁이는 그런 여자. 두 사람은 아마 에스파냐의 넓디넓은 바닷가에서 결혼을 맹세했겠지. 한밤중에. 붉게 타오르는 모닥불 옆에서. 집시라면 당연히 그래야지.' 아저씨가 다른 칸으로 옮겨갈 때마다 난 졸졸 따라다녔다. 아코디언으로 연주하는 시를 감상하기 위해서. 하지만 결국엔 부끄러운 짓을 저지르고 말았다. 아저씨가 동전으로 가득 찬 종이컵을 들고 내 앞으로 다가왔을 때, 아뿔싸, 난 아저씨한테 줄 게 없었다. 그래서 파렴치한 짓을 했다. 얌체족들이 나 하는 짓을. 아저씨가 다가오는 순간 창 쪽으로 고개를 돌린 것이다. '난 지금 맞은편 강둑에서 무슨 일이 일어나고 있는지 보고 있는 중이랍니다' 라는 식으로. 민망하게도 맞은편 강둑에서는 아무 일도 일어나고 있지 않았다.

복권이 당첨된다면 아저씨한테 기막히게 멋진 캠핑카를 사드릴 수 있을 텐데. 부엌이며 욕실이며 다 갖춰진 캠핑카. 그러니까 〈진품명품〉 같은 프로그램에 나옴직한 차를.

그러고 나서 벙어리장갑을 하나 장만해야지. 지금 갖고 있는 건 구멍이 숭숭 뚫려서 바람이 다 새어들어오니까. 왼쪽은 엄지손가락 부분에 구멍이 뚫렸다. 계속 그걸 끼고 다니다간 언젠가 골치 아픈 일이 생기고 말걸?

장갑을 장만하고 나면 엄마를 미용실로 데리고 가서 손톱 손질을 받게 할 거다. 요전에 엄마는 사회복지사 뒤거시기 선생님과 이야기를 나누던 끝에 바로 그 손톱 손질이라는 걸 알게 됐다. 엄마는 청소용 세제('메이드 인 체르노빌') 때문에 부서지고 갈라진 자신의 손톱과 뒤거시기 선생님의 손톱을 번갈아 바라보았다. 그 웃기지도 않는 여자는 깨끗한 제 손톱, 매끈하게 줄질을 하고 반짝반짝 매니큐어를 칠한 제 손톱을 자랑하느라 신이 나서 떠들어댔다. 새끼손톱으로 눈가를 긁어대기까지 했다. 마스카라를 칠하는 여자들처럼 입은 헤 벌린 채. 잘났어. 제 손톱 자랑하느라고 매니큐어의 '매' 자도 모르던 엄마를 부추기다니.

지하철에서 나오다보니 파키스탄 아저씨 두 명이 군밤과 땅콩을 팔고 있었다. "뜨끈뜨끈한 군밤 사려! 땅콩도 있어요!" 두 사람은 계속해서 한목소리로 외쳐대고 있었다. 파키스탄식 억양을 섞어가며. 군밤장수 아저씨들의 목소리는 계속 내 머릿속을 맴돌았다. 저녁에 집으로 돌아와 엄마랑 먹을 밥을 지으면서도 난 계속 노래하듯 흥얼거렸다. 뜨끈뜨끈한 군밤 사

려! 땅콩도 있어요! 뜨끈뜨끈한 군밤 사려! 땅콩도
있어요!

금요일. 조라 이모가 엄마랑 나한테 쿠스쿠스를 먹으러 오라고 한 날. 우리는 새벽같이 기차를 탔다. 하루 온종일을 이모랑 함께 보내려고. 남의 집에 초대받아본 것도 얼마나 오랜만이었는지.

사실 조라 이모는 진짜 이모가 아니다. 하지만 엄마랑 오랫동안 알고 지내면서 자매처럼 친하기 때문에 그렇게 부르는 거다. 예전에 두 사람은 함께 복장학원에 다녔단다. 이모가 망트 라 졸리로 이사를 가면서부터는 자주 만날 수가 없게 되었지만. 엄마가 복장학원에 다닌 이유는 간단했다. 학원에는 엄마처럼 북아프리카에서 프랑스로 건너온 여자들, 즉 '마그레빈' 들밖에 없었고, 그래서 매주 수요일 오후마다 그네들과 함께 구식 생제르 재봉틀을 돌리고 있노라면 왠지 고향에 돌아온 듯한 느낌이 들어서였단다.

조라 이모는 커다란 녹색 눈을 지녔고, 늘 생글생글 웃는 상이다. 알제리 북서부의 틀렘센에서 태어났는데, 이 출생에는 재밌는 이야기가 따라다닌다. 이모가 태어난 날은 1962년 7월 5일, 즉 알제리가 프랑스의 식민지배로부터 벗어난 날이다. 그래서 이모는 고향에서 오랫동안 자유를 상징하는 '해방둥이'로 귀여움을 받았고, 조라라는 이름도 갖게 된 거였다. 조라는 아랍어로 '행운'을 뜻하거든.

난 이모가 좋다. 진짜 여자, 강인한 여자니까. 남편은 토목공사에서 일했는데, 퇴직하자마자 고향으로 돌아가 두번째 아내를 맞아들였다. 그러고는 일 년에 여섯 달은 고향에서, 나머지 여섯 달은 프랑스에서 살고 있다. 요즘은 그런 게 유행인가? 다들 퇴직만 하면 젊고 싱싱한 여자랑 새로운 인생을 시작해댄다.

그래도 조라 이모의 남편은 염치가 있는 편이다. 반 년만 딴전을 피우니까. '반나절 근무' 랄까…… 조라 이모는 일 년 열두 달 중에 여섯 달만 남편이랑 사는 게 아무렇지도 않은 것 같다. 오히려 남편이 없는 게 속 편하단다. 하고 싶은 대로 할 수 있어 좋다나. 한번은 웃으며 이렇게 말하기도 했다. 남자들이란 그 나이가 되면 아무짝에도 쓸모가 없다고. 처음엔 무슨 말인지 알아들을 수가 없었다. 곰곰 생각해보니 짐작이 가긴 했지만……

난 이모네 아들들과 잠시 어울렸다. 유세프. 레다. 함자. 삼 형제는 컴퓨터게임에 푹 빠져 있었다. '청소년과 폭력'을 주제로 한 다큐멘터리에 나옴직한 그런 게임이었다. 전속력으로 자동차를 몰아서 가능한 한 많은 사람들을 치되, 어린이나 노인을 칠 경우 보너스 점수 추가…… 난 아주 어려서부터 이모네 삼 형제와 어울려 놀았지만, 요즘은 말도 제대로 건네본 적이 없었다. 왠지 서먹서먹했다. 입이 떨어지지 않았다. 그러자 삼 형제는 날 놀려댔다. 내가 조로의 하인 베르나르도 같대나. 한없이 멍청해 보이는 '꺼꾸리' 베르나르도, 이상야릇한 손짓발짓으로 조로에게 위험을 알려주는 베르나르도, 벙어리에다 귀머거리인 불쌍한 베르나르도.

잠시 잠깐, 엄마랑 조라 이모가 아빠에 대해 이야기하는 소리가 들려왔다. 엄마는 딸을 버린 사람은 절대로 천국에 갈 수 없다고 했다. 내 생각엔 아내를 버린 사람도 절대로 천국에 갈 수 없을 것 같다. 천국의 문지기는 절대로 아빠를 들여보내주지 않을 거다. 즉각 내동댕이쳐버리겠지. 아직도 아빠 얘길 하다니, 난 짜증이 났다. 여기 있지도 않은 사람 얘기를 왜 한담. 잊어버리면 그만이지.

조라 이모식 쿠스쿠스에는 병아리콩이 들어간다. 그리고 밀가루 맛이 살아 있다. 조라 이모랑 함께 있으면 시간 가는 줄 모를 만큼 즐겁다. 이모는 프랑스에 온 지 이십 년이 지났는데도 늘 엊그제 오를리 공항에 도착한 사람 같다.

오래 전 일인데, 한번은 이모가 엄마한테 함자를

'쥐고' 학원에 보냈다고 말한 적이 있다. 처음에 엄마는 무슨 말인지 몰라 어리둥절해했다. '쥐고'라니, 프랑스말로 양고기 넓적다리? 며칠 후 엄마는 집에서 슬며시 웃었다. 조라가 함자를 '쥐도' 학원에 보냈구나. 프랑스에선 유도를 '쥐도'라고 하지…… 이모네 삼 형제들도 종종 이모를 놀려댄다. '엄만 프랑스어 리믹스의 귀재'라고. 삼 형제 사이에서 이모는 '디제이 조조'로 통한다.

저녁 무렵이 되자, 유세프 오빠가 우리를 집까지 태워다주었다. 유세프 오빠는 계속 랩뮤직만 틀어댔고, 세 사람은 집으로 오는 내내 한마디 말도 주고받지 않았다. 엄마는 생각에 잠겨 있었다. 차창에 머리를 기댄 채 먼 데를 바라보면서. 차가 신호에 걸려 멈춰 서면 신호등만 뚫어져라 쳐다보았다. 엄만 정말이지 딴전 피우길 좋아한다니까.

유세프 오빠는 속력 내는 걸 좋아한다. 오빤 키가 크고 늘씬한데다 끝내주게 잘생겼다. 어렸을 때, 그러니까 초등학교 다닐 땐 내 '보호자' 노릇을 하고 다녔다. 난 오빠가 없었고, 유세프 오빠는 학교에서 '한 주먹' 하는 걸로 알려져 있었으니까. 둘이서 함께 '당신의 쌀 한 톨이 한 사람의 생명을 구할 수 있습니다' 라는 난민구호운동을 펼치기도 했다. 소말리아 난민문제로 한참 떠들썩했을 때였다. 유세프 오빠는 나한테 그 구호가 참말이라고 했다. 소말리아에 쌀을 보내면 한 톨당 한 사람의 목숨을 구할 수 있다는 거였다. 엄마가 슈퍼에서 사다준 5백 그램짜리 쌀 한 봉지를 유세프 오빠한테 건네줄 때 얼마나 뿌듯하던지. 5백 그램이면 쌀이 도대체 몇 톨이야. 수많은 소말리아인들의 목숨을 구한다고 생각하니, 내가 꼭 '원더우먼' 이라도 된 것만 같았다. 그런데…… 유세프 오빠의 이야기는 새빨간 거짓말이었다. 나쁜 자식…… 그 쌀 봉지는 과연 어디로 갔을까.

마침내 우리는 집에 도착했다. 엄마는 유세프 오빠에게 태워다줘서 고맙다고 했고, 유세프 오빠는 곧장 자기 집으로 돌아갔다. 수위 아저씨는 아파트 안이

쓰레기장이 되든 말든 아무 관심도 없는가보다. 카를라 아줌마가 가끔 청소를 하니까 그나마 다행이지, 아줌마가 오지 않을 땐 그야말로 엉망하고도 진창이다. 요 며칠 동안도 승강기 바닥은 오줌과 가래침으로 질척질척하다. 우웩. 하긴, 승강기가 제대로 움직여주는 것만 해도 고마운 일이다. 층수를 누를 땐 눈치껏 눌러야 한다. 번호는 다 지워진 지 오래니까. 누군가 라이터를 가지고 번호판을 그슬린 게 틀림없다.

수위 아저씨는, 소문에 의하면, 인종차별주의자라고 한다. 하무디 오빠가 그랬다. 난 잘 모르겠다. 한 번도 아저씨랑 이야기를 나눠본 적이 없으니까. 아저씬 좀 무섭게 생겼다. 늘 인상을 쓰고 있어서 양미간에 11자가 새겨져 있을 정도다.

하무디 오빠가 말하길, 예전에 아저씬 알제리(조라 이모의 나라!) 전쟁에 나가 싸웠단다. 그래서 양쪽 귓불이랑 왼손 엄지손가락이 없대나. 아저씨한테 전쟁은 아직 끝나지 않았을 거다. 이 나라에 사는 한……

뷔를로 선생님이 '생뚱맞은' 제안을 해왔다. 구청에서 주최하는 스키캠프에 참가해보라고. 놓쳐선 안될 좋은 기회란다. 또래 아이들도 여럿 만날 수 있고, 오랜만에 바깥 구경도 할 수 있고. 다른 사람들을 향해 마음을 여는 데 도움이 될 거라나.

가고 싶지 않다. 단 일 주일이라도 엄마를 혼자 있게 할 순 없으니까. 그리고 생판 모르는 사람들과 함께 먹고 자다니, 말도 안 되지! 왔다갔다 차를 타는 것만 해도 끔찍할 텐데. 꾸역꾸역 차멀미를 해대는 사람들 속에 끼어서, 흘러간 유행가를 불러대는 사람들 속에 끼어서, 장장 여덟 시간이나 버스에 갇혀 있으라고? 오줌 마려운 사람들 때문에 차는 삼십 분에 한 번씩 멈춰 설 텐데? 안 간다, 안 가!

멋모르는 뷔를로 선생님은 내가 돈 때문에 안 간다고 생각하고 있었다.

"돈 걱정은 안 해도 돼. 구청에 다 이야기해놨으니까. 동전 한 닢 안 내도 되니까, 걱정하지 마……"

어쨌든 난 스키라면 질색이다. 몸에 꽉 끼는데다 색깔마저 '요란번쩍한' 옷을 입고 선 채로 미끄럼 타는 거 아냐. 나도 다 안다. 동계 올림픽 경기를 텔레비전으로 몇 번이나 봤거든.

뷔를로 선생님은 겨울만 되면 스키장에 가겠지. 하지만 스키는 절대 타지 않을걸? 그저 깜찍한 방울이 달린 분홍 털모자를 쓰고 카페에 앉아 따끈한 코코아를 마시며 '폼'이나 잡겠지. 남편은 그 옆에서 일회용 카메라로 연신 사진을 찍어대고. 참, 뷔를로 선생님이 결혼을 했던가? 물어보지도 못했네. 심리학자든 심리치료사든 심리 어쩌고 하는 사람들은 이래서 '왕짜증'이야…… 남의 생활에 대해선 꼬치꼬치 잘도 캐물으면서 자기 생활에 대해선 절대로 이야기하지 않으니까. 뷔를로 선생님은 나에 대해서 이것저것 많이도 알고 있는데, 난 선생님에 대해 하나도 아는 게 없단 말씀이야. 그러니 그 앞에선 아무 말도 하고 싶지 않을 수밖에. 순 사기니까.

뷔를로 선생님과는 반대로 우리의 사회복지사께서는 누가 물어보지 않아도 자기 자신에 대해 술술 잘도 털어놓는다. 엄마가 그러는데, 곧 결혼할 거라는 얘기까지 하더란다. 누가 물어봤냐고. 자기가 결혼을 하든 말든 우리가 무슨 상관이람? 알았어요, 알았어. 뒤거시기 선생님은 좋겠네요. 그까짓 걸 가지고 동네방네 떠들고 다닐 것 없잖아요? 그러고 보니, 입이 '째지게' 웃고 다닐 이유가 하나 더 생기셨네요? 좋기도 하겠다.

이런, 질투가 나서 이런 이야길 하나보다. 어렸을 때가 생각난다. 난 바비인형을 새로 사기만 하면 머리칼부터 싹둑싹둑 잘라냈다. 난 금발이 아닌데 걔네들은 금발이었거든. 젖가슴도 잘라냈다. 난 젖가슴이란 게 없는데 걔네들은 아주 예쁜 젖가슴을 달고 있더라고. 게다가 그것들은 진짜 바비인형도 아니었다. 엄마가 할인점에서 사다준 짝퉁들이었지. 시시껄렁한 것들. 그것들은 딱 이틀만 갖고 놀면 상이군인처럼 돼버렸다. 이름까지 시시했다. 프랑수아즈라니, 그건 소녀들을 꿈속에 빠져들게 하는 그런 이름이 아니다. 아니고말고! 프랑수아즈, 그건 꿈 같은 건 꾸지않은 소녀들을 위한 인형이었다.

어렸을 때 난 다른 남자들을 모두 바보로 만들어버릴 만능 재주꾼과 결혼하는 꿈을 꾸었다. 보통 남자, 그러니까 조립식 선반을 완성하거나 '만 5세 이상'이라고 적혀 있는 스물다섯 조각짜리 퍼즐을 맞추는데 두 달씩 걸리는 그런 남자는 필요 없었다. 나는 맥가이버 같은 남자랑 살고 싶었다. 콜라 캔으로 변기를 뚫어주고, 볼펜으로 텔레비전을 수리해주는 남자, 입김으로 내 머리를 손질해줄 수 있는 남자, 그러니까 완벽한 '인간 스위스칼' 과.

머릿속에 끝내주는 결혼식이 떠오른다. '어머나' 소리가 나올 만큼 멋진 예식. 레이스가 주렁주렁 달린 새하얀 웨딩드레스. 15미터가 넘는 면사포. 곳곳에 꽃과 양초가 가득한 예식장. 하무디 오빠가 증인이 되어주겠지. 신부들러리가 된 코트디부아르 출신의 미녀 삼총사가 현악 삼중주를 멋들어지다 못해 막늘어지게 연주해줄 테고.

문제는 나를 제단 앞으로 데리고 갈 사람이 없다는 거다. 아빠인지 얼간이인지 하는 인간이. 결국 결혼식은 취소되고 말겠지. 하객들은 축의금을 되돌려받은 다음 뷔페 음식을 구메구메 싸가지고 집으로 돌아갈 테고. 걱정도 팔자라더니, 신랑감도 찾지 못했는데 결혼식은 무슨.

시대가 좋아져서 요즘은 함께 살 사람을 자기가 직접 고를 수 있다. 평생을 살든 일 년을 살든. 부부라고 평생 함께 사는 경우는 드물다. 〈말 못 할 사연들〉 같은 다큐멘터리에는 이혼문제가 심심찮게 등장한다. 이혼율이 급격히 증가했단다. 내가 보기엔 그게

다 〈불같은 사랑〉이라는 연속극 때문이다. 등장인물들은 결혼하고 이혼하기를 밥먹듯 한다. '악' 소리가 나올 정도다. 그런데 엄마는 그 야단법석을 1989년부터 꾸준히 지켜보고 있다. 사실, 동네 아줌마들 모두 그 연속극에 푹 빠져 있다. 어디 모이기라도 하면, 미처 못 본 사람들에게 지난 줄거리를 이야기해주느라 바쁘다. 청소년들이 '보이밴드'에 미쳐 있는 것보다 더 부끄러운 일이다. 난 친구한테서 '투비스리'*의 리더 필리프의 사진을 한 장 얻은 적이 있다. 잡지에서 오려낸 사진이었다. 신이 난 나는 사진을 내 방 벽에 붙였다. 사진 속의 필리프는 멋있어도 너무 멋있었다. 새하얗다 못해 투명해 보이기까지 하는 이. 웃통을 벗어젖힌 채 초콜릿을 들고 있는 섹시한 모습. 그날 저녁, 하필이면 아빠가 내 방에 들어와서 사진을 보고 말았다. 아빠는 화가 나서 어쩔 줄 몰라하더니, 사진을 북북 뜯어냈다. 그러면서 버럭버럭 소리

* 2 be 3. 필리프, 아델, 프랑크로 구성된 프랑스 삼인조 보이밴드. 가볍고 재미있는 음악을 추구하며 많은 인기를 누렸다.

를 질러댔다. "여기가 어디라고 이런 사진을 붙여! 안돼! 이런 악마놈의 사진은! 이놈은 사탄이라고!" 악마가 그렇게 생겼으리라곤 생각도 못 해본 나였지만, 어쩔 수가 없었다. 순식간에 텅 비어버린 벽. 그 위엔 조그만 종잇조각 하나가 덜렁거리고 있었다. 그건 바로…… 필리프의 왼쪽 젖꼭지였다.

이번 학기는 엉망으로 끝났다. 시작도 엉망이었지만. 다행인 건 엄마가 글을 읽을 줄 모른다는 거다. 왜 그런 말을 하느냐고? 그야 성적표 때문이지…… 왕짜증. 선생님들은 누가 더 기발한 평가를 내리는지 내기라도 했나보다. 하나같이 멍청한 말만 늘어놨으니…… 그중에서도 최악이었던 건 물리와 화학을 가르치는 나딘 방바르시슈 선생님의 평가였다. '장래가 심히 걱정되는 학생. 지긋지긋하게 말을 안 들음. 교직에서 물러나고픈 충동, 더 나아가 자살 충동까지 불러일으킬 수 있는, 운운.' 웃기려고 한 말이겠지.

너무했잖아. 내가 성적이 '꽝'인 건 사실이지만, 그래도 그렇게까지 말할 건 뭐람. 하긴, 그 여잔 원래 그런 여자다. '똥꼬팬티'나 입고 다니는 주제에. 그밖에 다른 선생님들의 평가는 다 고만고만했다. 학기마다 받는 평가들, 즉 '뻔할 뻔자' 평가들이었다. '주의가 산만함' '늘 딴생각에 빠져 있음' 등등. 같은 내용을 유치하게 돌려쓴 것도 있었다. '이 세상으로 돌아오기 바람.' 칭찬이라곤 딱 하나뿐이었다. 그림, 아니 (실례!) 미술을 가르치는 르무안 선생님의 평가였다. '미술적 재능이 있음.' 그래그래, 별것 아닌 말이지만 얼마나 듣기 좋아.

엄마랑 친한 아줌마 한 분이 내 '미술적 재능'도 몰라보고 황당한 제안을 했다. 자기 아들을 보내 내 공부를 도와주겠다는 거였다. 아줌만 성적이 쑥쑥 오르는 게 눈에 보일 거라고 큰소리쳤다. 자기 아들 나빌은 천재 중의 천재라면서. 원래 아랍 엄마들은 아들 자랑이 대단하다. 하지만 나빌의 엄마는 도가 좀 지나쳤다. 자기 아들이 '임대아파트의 아인슈타인'인

줄 알고 있으니까. 나빌도 그게 정말인 줄 알고 있다. 안경 좀 끼고 있다고. 사회과목 점수가 좀 잘 나온다고. 오른쪽 왼쪽도 구별할까 말까 한 주제에. 다행히도 엄마는 '암' 하고 맞장구를 치지 않았다. 그저 '인살라' 라고만 했을 뿐. 그 말은 긍정도 부정도 아니다. 정확히 번역하자면 '신의 뜻대로' 라는 뜻. 신의 뜻이 뭔지 알 게 뭐야……

나빌은, 한마디로 '왕재수' 다. 여드름투성이인데다 중학교 때만 해도 덩치 큰 애들한테 간식이나 뺏기기 일쑤였다. 만만한 먹잇감이었다는 얘기지. 난 영웅이 좋다. 소녀들을 달콤한 꿈속에 빠져들게 하는 영화 속 영웅…… 장담하는데, 알 파치노한테선 절대 간식을 빼앗지 못할걸? 그랬다간 바로 반자동소총 난사에 엄지손가락이 날아가버릴 테니까. 그러면 잠자기 전에 아무것도 빨아댈 수 없을 거 아냐? 끝장나는 거지 뭐.

좌우지간 이렇게 해서 몇 주째 나빌이 우리 집을 드나들고 있다. 내 공부를 도와준답시고. 그 자식, 잘난 척은! 자기가 만물박사인 줄 아는 모양이다. 요전엔 날 대놓고 비웃었다. '자디그'가 타이어 상표냐고 했더니, 장장 사십오 분을 낄낄거렸다. 그깟 걸 가지고…… 그게 볼테르*의 글이든 타이어의 상표든 나하고 무슨 상관이람. 내가 따라 웃지 않는 걸 보고는 하는 말. "에이, 걱정하지 마. 괜찮아. 세상엔 똑똑한 사람도 있고 그렇지 못한 사람도 있게 마련이지 뭐……" 웃기는 자식. 쟤네 엄만 왜 내 인생을 꼬이게 만드는 거야? 아마 아들이 귀찮아졌겠지 뭐……

그래, 나빌 그 녀석한텐 '정상참작'을 해줘야 돼. 날이면 날마다 그런 엄마랑 같이 사는 게 쉬운 일이겠어. 그림자처럼 졸졸 쫓아다니는 엄마랑. 처음에 난 나빌의 이름이 '내아덜'인 줄 알았다. 나빌의 엄마가 쉴 새 없이 나빌의 머리를 쓰다듬으며 '내아덜' '내아덜' 하고 불러대기에. 소문에 의하면 나빌의 엄마는 아들에게 죽어라 간섭을 해댄단다. 심지어는 여자친

---

* 프랑스의 작가, 대표적 계몽사상가.

구 문제까지도. 그래그래, 나빌한텐 '사생활'이라는 게 없다. 정말이지 그래선 안 되는데. 초등학생일 땐 엄마가 간식을 챙겨들고 학교까지 쫓아왔단다. 동네 아이들은 나빌네 집에선 '엄마가 아빠'라며 나빌을 놀려댄다.

"어이, 나빌! 너희 집에선 아빠가 설거지를 한다며? 엄마는 남자팬티를 입는다던데?"

보시다시피 난 할리우드 영화에 나오는 변호사들을 흉내내고 있다. 변호사들은 인육을 먹는 잔인한 연쇄살인범을 변호하기 위해 그자의 '죽여주게' 불행했던 과거를 들먹인다. 그러면 배심원들은 그자를 동정하게 되고, 그자의 냉동고 안에 들어 있는 올리비아(18세)의 넓적다리는 잠시 잊어버린다……

사실 난 그 반대로 생각하고 있다. 바로 그렇기 때문에 나빌은 남들한테 좀더 싹싹해야 된다고. 엄마가 지긋지긋하게 간섭을 해대고 열세 살 때부터 예수 그리스도의 전기를 읽게 했기 때문에.

어른이 되면 아이를 갖고 싶은 마음이 생길까. 어쨌든 난 아이가 생기더라도 예수 그리스도의 전기 같은 걸 읽히거나 노인들에게 억지로 인사를 시키거나 먹고 싶지 않은 음식을 꾸역꾸역 먹이지 않을 거다.

어쨌든 그건 아이가 생겼을 때의 얘기다. 중학교 3학년 때 과학 선생님이 출산 장면—정면에서 촬영한 것—을 보여준 다음부터 생식이니 뭐니 하는 것엔 정나미가 뚝 떨어져버렸으니까.

지난주 월요일에 뷔를로 선생님한테 그 얘기를 했다. 그날따라 선생님은 좀 이상해 보였다. 내 말을 건성으로 듣고 있는 것 같았다. 딴생각을 하는지. 혹시 심리치료를 받아야 하는 거 아닐까? 한번 받아보시죠. 얼마나 좋은지 알게 되실 테니……

게다가 그날, 선생님은 생뚱맞기 짝이 없는 주문을 했다. 찰흙으로 뭔가를 만들어보라니. 내가 주물럭주물럭 빚어놓은 건 도대체 뭔지 알아볼 수도 없는 괴상한 모양을 하고 있었지만, 선생님은 빙긋 웃으며 말했다.

"옳지, 좋아요. 흥미롭구먼!"

'흥미롭다'는 말은 칭찬이 아니다. 볼품없는 것도 얼마든지 흥미로울 수 있으니까. 볼품없다는 그 자체만으로도. 선생님은 늘 이런 식으로 에둘러 말한다. 하긴, 그래서 난 뷔를로 선생님이 좋다. 평가 같은 걸 내리지 않으니까. 선생님은 뭐든 진지하게 받아들인다. 자줏빛 찰흙으로 빚은 영세민용 임대아파트조차.

찰흙놀이를 하고 나서 난 선생님에게 새 소식을 전했다. 내가 '초경'을 맞았다는 사실을. 사실, 난 또래 여자애들보다 늦된 편이었다. 양호 선생님 말로는 유전이란다. 유전, 즉 엄마 탓이란 얘기지. 엄마도 열일곱 살 때 생리를 시작했단다. 심란했을 거다. 그 당시 모로코의 촌구석엔 생리대 같은 게 없었을 테니까. 예전에 난 생리를 하면 몸에서 파란 액체가 나오는 줄 알았다. 생리대 광고를 보면 놀라운 흡수력을 보여준답시고 생리대 위에다 파란 액체를 들이붓잖아. 하긴, 밥상머리에 앉아 있을 때도 등장하는 광고니 어쩔 수 없겠지.

뷔를로 선생님은 이것저것 물어오기 시작했다. 생리 이야기를 들으니 신이 나는 것 같았다. 자긴 생리 안 하나 뭐.

선생님은 초경으로 정신적 충격을 받는 여자아이들도 꽤 많다고 했다. 하지만 그건 '2차 성징'의 첫 단계일 뿐이라고, 곧 젖가슴이 나오기 시작하면서 통증을 느낄 거란다. 여드름도 나기 시작하고. 그럼요. 머리카락엔 기름이 끼고 몸은 나른해지고 눈은 멍해지겠죠. 안 그래요? 정말이지 창문 너머로 훌쩍 뛰어내리고 싶은 심정이라니까요!

사람들은 곧잘 자기보다 못한 사람을 보며 위안을 얻는다. 그날 밤, 난 덜 떨어진 나빌을 생각하며 마음을 달랬다.

해마다 리브리 가르강에선 축제가 열린다. 주민들
모두 오랫동안 축제 준비에 열을 올린다. 어른 아이
할 것 없이. 특히 아줌마들이 열심이다. 축제야말로
험담을 모으고 퍼뜨릴 절호의 기회니까.

축제 땐 곳곳에 아이들을 위한 놀이기구가 설치된
다. 박하차며 아랍식 과자며 꼬치구이 요리가 수북이
쌓여 있는 가판대도. 노래자랑 대회도 열린다. 악단
들이 떠들썩하게 음악을 연주하며 행진하는 것도 볼
만하고. 동네 건달들은 랩을 부르며 건들거린다. 간
혹 그걸 따라부르는 여자애들도 있다. 물론 한두 소

절 부르다 집어치우고(고역이거든!), 두 팔을 치켜든 채 '웨이브'로 때우기 일쑤지만. 그래도 보기 좋다, 함께 축제에 참여하는 모습이……

엄마가 시키는 대로 난 '월척 건지기' 놀이를 했다. 하도 성화를 부리기에 하긴 했는데, 한심했다. 참가자들의 평균 연령은 7.3세. 그리고 내가 건져올린 거라곤 한쪽 눈알이 빠져나간데다 군데군데 누런 얼룩이 묻은 헝겊인형 하나뿐이었다. 망신살 뻗쳤지.

그러고 나서 우린 '셰브 모모'의 공연을 보러 갔다. 그 아저씬 1987년부터 지금까지 해마다 리브리 가르강 축제에 와서 노래를 부른다. 늘 똑같은 레퍼토리를 가지고. 잘하는 짓이지 뭐. 다들 노랫말을 줄줄 외게 되었으니까. 아랍어라곤 한마디도 모르는 사람들조차도. 셰브 모모의 장점은 머리에서 발끝까지 '셰브 모모스럽다'는 거다. 늘 검정색 반짝이 재킷만 고집한다. 멋쟁이 신사 이미지. 그게 잘도 먹혀든다. 그래서 해마다 셰브 모모의 공연장은 열광의 도가니다.

이리저리 돌아다니다 난 하무디 오빠랑 마주쳤다.

인사를 하려고 보니, 웬 여자애가 오빠한테 찰싹 달라붙어 있었다. 난 그애한테 방긋 웃어 보였다. 만나게 돼서 정말 반갑다는 듯이. 사실, 약이 올라 미칠 지경이었지만. 하무디 오빠는 벌레 먹은 이를 드러내며 씩 웃더니 나한테 여자애를 소개했다.

"도리아, 어…… 이쪽은 내 여자친구 카린이야…… 카린, 얜 도리아라고 내 친동생이나 다름없는 애야……"

그 순간, 오빠가 얼마나 바보스러워 보이던지. 한 서른 살 더 먹은 노인네 같기도 하고. 게다가 울긋불긋 꽃무늬 셔츠는 또 뭔가. 꼴불견이야. 난 저질 드라마의 주인공이라도 된 듯한 기분이었다. 심란했다. 이윽고 난 여자애한테 인사를 건넸다. "안녕, 카림." 난 알아차리지 못했다, '카린'을 '카림'이라고 잘못 발음해놓고도. 여자 이름을 남자 이름으로 바꿔놓고도. 두 사람은 눈이 휘둥그레진 채 날 바라보았다. '포켓몬'처럼.

난 다시 엄마랑 여기저기 돌아다니기 시작했다. 그

리고 축제가 끝난 다음에야 집으로 돌아왔다. 그러기
는 처음이었다. 예전엔 아빠가 우릴 일찌감치 집으로
데리고 왔거든. 여자들이 밤늦게 돌아다니면 안 된다
나. 하지만 올해는 축제가 끝나는 걸 창문 너머로 지
켜볼 필요가 없었다.

하무디 오빠의 '연애사건' 때문에 난 기분이 울적해졌다. 오랫동안 보이지 않아서 걱정했는데. 뷔를로 선생님한테도 걱정된다고 얘기했는데. 그런데, 웬 가짜 금발이랑 팔짱을 끼고 나타났단 말이지. 한 38센티미터는 충분히 될 것 같은 하이힐 위에 올라탄 '카림'이랑. 잠자리에 누우니 구슬픈 음악(생명보험 광고에 어울릴 듯한 음악)이 내 머릿속을 타고 흐르기 시작했다. 젠장, 오빠 파르라니 면도까지 하고 있었어. 라벤더 향수 냄새─아마 화장실용 방향제겠지─를 풀풀 풍기면서. 게다가 눈에 핏발도 서 있지 않았지. 한마디로 하무디 오빠답지 않았어. 그 크림인지 카림인지가 오빨 그렇게 만든 거야. 어쩌면 그 계집애, 오빠한테 '흑마술'을 부렸는지도 몰라. 뭔가 수상해. 파운데이션이 들떠 있었잖아. 정말 수상쩍다니까.

언젠가 엄마한테서 모로코의 무시무시한 주술에 대해 들은 적이 있다. 예전에 엄마네 이웃에 살던 처녀 하나가 장터에서 저주를 받았단다. 결혼을 한 달 앞두고. 그 처녀는 금세 대머리로 변했고, 결혼은 없던 일로 돼버렸다나. 조심해야지. 언제 그런 일이 일어날지 모르니까. 그러고 보면, 곳곳에 사악한 무리들이 도사리고 있어서 우리를 해칠 기회만 호시탐탐 노리고 있는지도 몰라…… 어쩌면 뷔를로 선생님도 그림카드며 찰흙덩어리에 저주를 걸어놓은 거 아닐까. 내가 평생 불행을 짊어지고 살도록. 즉, 죽을 때까지 매주 월요일 오후 네시 반에 자기를 보러 오도록.

그러고 보니 생각나는데, 작년에 난 전단지 수집을 했다. 지하철 출구에서 힌두교도들이 나눠주는 바로

그 주술 광고전단지 말이다. 다른 사람들이 우표나
엽서나 병마개를 수집하듯, 난 주술 광고전단지를 수
집했다.


### 신통방통 '카바' 선생


다년간의 경험과 국제적인 명성!
신속정확! 비밀보장!


사랑, 명예, 성공을 얻고 싶으십니까?
카바 선생을 찾으십시오.
부부문제에서 운전면허까지
여러분의 고민을 깨끗이 해결해드립니다.


상담시간 : 매일 아침 9시~저녁 9시
상담요금 : 첫회 35유로(결과와 무관)


이 말이 사실이라면, 누구라도 다 행복해지겠지?

뷔를로 선생님이나 우리의 사회복지사 뒤거시기 선
생님께선 한 달 안에 실업자가 될 테고.

가짜 금발 '카림'은 이 '카바' 같은 작자들한테 돈
을 쏟아붓고 있는 게 틀림없어. 그 계집앤 하무디 오
빠한테 필요한 여자가 아냐. 지금 오빠 외판원 같아.
빤질빤질 머리를 빗어넘기고 이 집 저 집 백과사전을
팔러 다니는 외판원. 난 하무디 오빨 잘 알아. 오빠 빤
질빤질한 게 어울리지 않는다고.


난 책을 한 권 집어들었다. 쓰레기 수거함에서 주
워온 책이었다. 여느 때 같으면 그런 허섭스레기는
절대 읽지 않았을 거다. 바바라 카틀랜드 스타일의
삼류 연애소설이라니. 게다가 표지 그림은 또 어떻
고. 환상적인 배경 속에서 서로를 포근히 감싸안고
있는 남자와 여자. 한 쌍의 바퀴벌레. 꼭 삼류 여행사
광고지 같았다. 그런 책을 지하철 안에서 읽으려면
미리 두꺼운 포장지로 꼭꼭 잘 싸는 게 상책이다. 그
러지 않으면 르 피가로 지를 읽고 계시던 분들께서,

입을 헤벌린 채 밥맛 떨어지게 거만한 태도로 웃긴다는 듯 흘끔흘끔 쳐다볼지도 모르니까.

책 제목은 '사하라의 열정'이었다. 난 이 책을 하룻밤 사이에 다 읽어치웠다. 줄거리? 사하라 사막을 떠도는 유목민 '스티브'(처음부터 완전히 '뻥'이라는 걸 알 수 있다. 유목민 '스티브'?)는 어느 날 낙타에서 떨어진 빨강머리 여자를 구해준다. 여자는 초등학교 선생님인데 방학을 맞아 사하라를 탐험하고 있었던 것. 남자는 '라시드'처럼 생겼으면서 '스티브'란 이름을 갖고 있지만, 여자는 아랑곳하지 않는다. 그리고 그 남자와 사랑에 빠진다. 처음 보는 남자와. 모래언덕 사이에서. 정말이지 끝내주게 한심한 얘기다. 도저히 믿을 수 없는데다 이미 읽은 것 같기도 하다. 하지만, 젠장, 왜 그렇게 이 이야기를 믿고 싶어지는지. 왜 내가 그 '정신병자'처럼 여겨지는지. 낙타에서 떨어졌다고 고열과 환각에 시달리는 그 정신병자 말이다.

어제 엄마 대신 집세를 내러 갔더니, 수위 아저씨
네 아줌마(1974년에 한 파마머리가 아직도 뽀글뽀글
살아 있는 아줌마)가 아파트 관리실을 지키고 있었
다. 아줌마는 우리 아파트 단지에 새로 이사온 여자
분이 딸을 돌봐줄 사람을 구하고 있으니까 관심이 있
거든 한번 찾아가보라고 했다.

　"용돈도 벌고 좋지 않겠어?"

　난 기분이 좋아졌다. 아줌마가 날 생각해주다니.
다른 애들한테 말해줄 수도 있었을 텐데 이렇게 날 생
각해주다니. 아줌마에 대해서 했던 말 다 취소! 뽀글

뽀글 파마머리며 기타 등등 다 취소……

"또래 애들처럼 멋부리고 싶지, 응?"

순간, 숨이 컥 막혔다. 코피가 터질 지경이었다. 저 살아 있는 인간 화석조차 날 엿 먹이는구나. 할 수만 있다면 아줌마가 날린 스트레이트 펀치를 그대로 받아치고 싶었다. 하지만 난 웃기지도 않게 얌전히 대답했다.

"고맙습니다. 저 이만 가볼게요."

"잠깐만. 육 상팀 모자라는데? 영수증에 도장 못 찍어줘."

늙다리 마녀. 난 속으로 중얼거렸다. 내가 몇 푼이라도 돈을 벌 수 있다면 기분이 찢어질 텐데. 적어도 6상팀이 없어서 집세를 못 내는 일은 없을 테니까.

난 그 여자분을 만났다. 이름은 릴라. 나이는 서른두 살. 왠지 몰라도 난 아이의 엄마가 나이 지긋한 아주머니일 거라고 생각했다. 라파예트 백화점 직원으로 일하면서 냉동식품으로 끼니를 때울 거라고. 천만의 말씀. 릴라 씨는 봉디에 있는 대형 할인점 '콩티

낭'의 점원으로 일하고 직접 음식을 해먹는다고 했다. 아이라이너가 섬세하게 그려진 눈가. 군데군데 뻗치긴 했지만 탐스런 갈색머리. 사람의 마음을 사르르 녹이는 미소. 말투에는 남쪽지방 억양이 묻어났다. 왜냐, 마르세유에서 나고 자랐으니까. 그리고 여성지라면 사족을 못 쓴단다. 그러니까, '당신의 소유욕은 어느 정도일까요?'나 '당신에겐 어떤 타입의 남자가 어울릴까요?' 같은 엉터리 심리테스트가 들어 있는 그런 잡지 말이다.

우리는 한 삼십 분 동안 얘기를 나눴다. 릴라 씨는 나한테 별로 물어볼 것도 없다고 했다. 얼굴에 '난 착해요'라고 쓰여 있다나. 이윽고 릴라 씨는 딸 사라를 보여주었다. 겨우 여섯 살배기 꼬마가 어쩌면 그렇게 똘똘하고 영리해 보이는지. 콱 깨물어주고 싶을 만큼 귀여웠다. 난 원래 애라면 딱 질색인데⋯⋯

릴라 씨는 얼마 전에 아이 아빠와 헤어졌단다. 그래서 이 동네로 이사온 거라고. 자초지종을 이야기해주는 릴라 씨의 눈빛은 무척 서글퍼 보였다. 남편한테 다 뺏겼단다. 서랍장 속에 들어 있던 다니엘 기샤르와 프랑크 미카엘의 히트곡 모음집까지도.

"한 시간에 삼 유로밖에 못 주는데, 괜찮겠어?"

뜬금없이 돈 얘기가 나왔다. 난 생각도 못하고 있었는데. 릴라 씨는 삼 유로가 너무 적다고 생각하고 미안해하는 것 같았다. 하지만 사정이 사정이니만큼 그 이상은 엄두를 낼 수 없단다. 별 걱정을. 시간당 삼 유로. 나한텐 돈벼락이 떨어지는 거나 마찬가지였다. 그래서 난 토를 달지 않았다.

"그럼요. 고맙습니다."

진심에서 우러나온 '고맙습니다'였다. 행복에 겨워서 눈물을 찔끔거리며 전하는 바로 그 감사의 마음 말이다.

내가 할 일은 오후 다섯시 반에 보육원으로 가서 사라를 데리고 집으로 온 다음 릴라 씨가 오기 전까지 함께 놀아주는 것이었다. 정말 재밌을 것 같았다. 난 하무디 오빠에게도 이 기쁜 소식을 전해주고 싶었다. 하지만, 요즘 오빠 코빼기도 보이지 않는다. 지금쯤 그 웃기지도 않는 가짜 금발 카린이랑 고양이 볼때기만 한 거실— 메이드 인 이케아*—에서 보드게임이나 하고 있겠지.

내가 보모로 일하게 됐다는 걸 안 엄마는 한숨을 쉬었다. 내가 너 하나 못 먹여 살리겠느냐고, 엄마 혼자서도 그 정도는 할 수 있다고…… 엄마의 두 눈엔 눈물이 그렁그렁했다. 우린 저녁을 먹으면서 서로 아무 말도 하지 않았다. 이건 영화가 아니니까. 현실이니까. 결국 엄마는 그러라고 했다. 울며 겨자 먹기로.

---

* 스웨덴 대형 가구 및 인테리어 업체.

요즘 바뇰레의 포뮬러원 호텔엔 난리가 났다. 엄마랑 함께 일하는 청소부 아줌마들이 파업에 돌입한 것. 아줌마들은 조합을 결성해서 근무조건 개선을 요구하고 있다.

　주동자는 파투마 코나레라는 아줌마인데, 엄마랑 꽤 친하다. 처음에 엄만 '코나레'가 성인 줄 모르고 거 이름 한번 되게 길다고 생각했대나 어쨌대나……파투마 아줌마는 1991년부터 그 호텔에서 일했다고 한다. 그때 난 신발끈도 혼자서 맬 줄 몰랐는데. 그 아줌마는 호텔의 청소부들이 노동력을 착취당하고 있다는 말을 맨 처음 꺼낸 사람이다. 엄만 다른 아줌마들처럼 파업에 참여하고 싶지만 그럴 수가 없다고 했다. 파투마 아줌마 같은 사람은 남편이 있으니까 괜찮지만, 엄마는 기댈 구석이 없으니까. 그래서 어떻게 됐느냐, 결국 할 일만 산더미처럼 늘어나고 말았다.

그 잘난 둔탱이 사장 시옹 씨, 이번 일로 골머리깨나 썩게 생겼다. 쌤통이지 뭐. 그 아저씬 파업에 참여한 아줌마들을 여럿 해고했다고 한다. 도대체 뭘 믿고 그러는지. 엄마랑 같은 시간대에 일하는 베트남 아줌마도 한 사람 '잘랐단다'. 못된 인간. 그 아저씬 죽어서 지옥으로 직행할 거다. 불길이 활활 타오르는 가운데 사지를 버둥대며 꽥꽥거리겠지. "엇 뜨거! 나 죽네!" 어쩌면 시옹 씨도 다른 데선 괜찮은 사람일지 모른다. 누구한테나 싹싹하게 웃어 보이고, 거지한테 돈도 잘 주고, 장애인 전용 주차공간에 차를 댄 파렴치한에게 버럭버럭 호통을 치는 그런 사람.

뷔를로 선생님의 말이 옳을지도 모른다. 난 남이 날 평가하는 건 질색하면서 남에 대해선 잘도 평가를 내린다나. 그래도 시옹 씨에 대해서 잘못 평가했을 가능성은 극히 희박하다. 그 아저씬 정말 얼간이니까.

학교에서는 선생님들이 파업에 들어갔다. 모든 게 딱 멈춰버렸다. 겨우 며칠밖에 되지 않은 일인데, 아득한 옛날부터 그래왔던 것만 같다. 루아조 선생님이 복도에서 다른 학교 학생한테 '테러'를 당했다. 난 그 자리에 없었지만, 들리는 소문에 의하면 얼굴에 최루탄을 맞았단다. 참 재수도 지지리 없지. 평소엔 교무실 밖으로 잘 나가지도 않던 양반이 하필 그날따라 건물이 잘 버티고 있나 살펴보려다 변을 당했으니.

그다음부터 학교는 난장판으로 변했다. 선생님들 중 75퍼센트가 수업을 하지 않고 있다. 방바르시슈 선생님 같은 경우는 여기저기다 벽보까지 붙여놓았다. '학교 폭력 물러가라!'니 또 그밖에 교통사고 예방 캠페인에나 어울림직한 선동적인 문구가 쓰인 벽보들을. 파업 첫날부터 열나게 설쳐대는 꼴이라니,

참 웃긴다. 수업을 그만큼 열정적으로 했으면 존경을 받아도 듬뿍 받았을 텐데. 아마 방바르시슈 선생님은 투사인가 보다. 불굴의 투사. 정치적 열정으로 무장한 여인. 아마 가끔 '대중운동연합'에 수표도 보내겠지. 얼굴로 유명해지긴 글렀으니까. 까마귀빛 아이라이너나 진달래빛 립스틱으로는.

파업에 참여하지 않은 사람은 르페브르 선생님(말투가 옛날 홈쇼핑 진행자 피에르 벨마르랑 쏙 빼닮았다)뿐이었다. 선생님은 이번 파업은 '허튼 수작'이라고 했다. 게으름뱅이 선생들이 루아조 선생을 핑계 삼아 놀고 있다나.

난 '루아조 선생님 사건'이 심각한 일이라고 생각한다. 루아조 선생님은 별로지만, 그래도 그런 일이 일어나서는 안 된다고. 최루탄을 맞은 건 둘째치고, 선생님이 교무실 밖으로 나올 엄두를 못 냈다는 것부터가 말이 안 된다고.

어쨌든 파업을 지지하는 학생은 없다. 대부분 쓸데

없는 짓이라고, 결국 손해 보는 건 학생들뿐이라고
생각하고 있으니까……

지난주에 우리의 사회복지사 뒤거시기 선생님이 신혼여행을 마치고 우리 집으로 찾아왔다. 정말이지 '왕싸가지' 다. 문을 열어준 엄마한테 희고 고른 이를 살짝 드러내며 하는 말이 "어머, 안색이 영 안 좋으시네요…… 어머, 세상에……"였다.

잘난 체하고 싶었겠지. 틀림없다. '고운 낯짝' 사(社)에서 단골 고객에게 무료로 제공하는 실내 선탠을 12회나 받은 참일 테니까. 그러고 나서 선생님은 집 안을 열 번도 넘게 휘젓고 다녔다. 우리 집이 무슨 지하무덤이라도 되는 양.

"개수대 수도꼭지 좀 갈아끼우지 그러세요."

잘난 척하기는. 하긴 늘 그렇다. 가끔 난 뒤거시기 선생님이 복지사로 일하는 이유가 뭘까 생각해본다. 혹시 가난한 사람들을 돌보면 제 마음이 뿌듯해지기 때문 아닐까. 엄마가 수고스럽게도 박하차를 끓여 내 놨지만, 선생님은 마시는 둥 마는 둥이었다.

"정말 맛있네요…… (선생님은 입을 쫑긋 오므렸다.) 그런데 말예요…… 음…… 너무 달지 않나요? 몸매관리를 해야죠. 아시잖아요? 아줌마가 되면 다들 푹 퍼지더라고요…… 난 그렇게 되고 싶지 않거든요……"

말을 마치고 뒤거시기 선생님은 까르르 웃었다. 눈을 지그시 감고 손으로 입을 살짝 가린 채. 그러니까, 메릴린 먼로 스타일로. 쳇, 왜 저렇게 난리법석이지? 심하다 심해. 이제 결혼한 지 얼마나 됐다고.

엄만 아무렇지도 않은 것 같았다. 따라 웃기까지 했다. 무슨 말을 해도 상처받지 않는 엄마. '미스 프 랑스'인 척하는 여자 옆에서 태연히 이야기를 계속하고 있는 엄마. 나도 나중엔 엄마처럼 되고 싶었다. 뒤거시기 선생님이 안색이며 수도꼭지며 박하차를 차례로 깎아내리는데도 엄만 웃으면서 함께 수다를 떨고 있었다.

엄마는 뒤거시기 선생님한테 포뮬러원 호텔에서 파업이 일어났다는 얘기도 했다. 그러자 선생님은 표정이 자못 심각해지더니, 엄마한테 봉디에 있는 문맹퇴치학교에 나가보라고 권했다. 읽고 쓰는 법을 가르쳐주는데다 새 일자리까지 알아봐주는 곳이라나. 돈은 한 푼도 들지 않는단다. 구청에서 운영하는 곳이기 때문에.

선생님은 떠나기 전에 짝퉁 루이 뷔통 핸드백을 이리저리 뒤지면서 나한테 말했다.

"줄 게 있는데……"

얼마나 큰 목소리로 또박또박 그 말을 하는지 난 지진아라도 된 듯한 기분이었다. 생후 팔 개월 된 아기한테 '기저귀 갈아줄게' '맘마 줄게'라고 할 때의 말투를 한번 상상해보시라.

선생님이 준 건 도서상품권이었다. 마구 '퇴행' 하는 느낌이다, 이렇게 비렁뱅이 취급을 받을 때면. 다들 지옥에나 떨어지라지.

뒤거시기 선생님이 떠나고 나서 이제 악몽 같은 하루가 끝났구나 생각하고 있는데, 전화벨이 울렸다. 조라 이모였다. 이모는 겁에 질려 있었다. 새벽 여섯시에 경찰들이 집으로 들이닥쳐 유세프 오빠를 잡아갔다는 거였다. 경찰들은 문을 박차고 들어와 침대에 누워 있던 유세프 오빠를 마구 걷어차서 끌어낸 다음 '서'로 끌고 갔다고 한다. 온 집 안은 쑥대밭으로 만들어놓고. 이모는 전화기를 붙든 채 계속 울먹였다. 엄마한테 말하길, 유세프 오빠가 마약 밀매와 차량 도난에 연루되었단다. 이모는 그게 당신 탓이라고 생각하는 것 같았다. 자기가 아들을 잘 돌보지 못한 탓이라고. 통화가 끝날 무렵엔 엄마도 울음을 터뜨렸다.

지금쯤 유세프 오빠는 곰팡내가 진동하는 잿빛 건물 안에서 조사를 받고 있겠지. 난 안다. 유세프 오빠가 그럴 사람이 아니라는 걸. 뭔가 잘못된 거다. 전화를 끊고 나서 엄마와 난 잠시 얘기를 나눴다. 하지만 말로 다 못 하는 이야기도 있다. 그래서 우린 창밖만 우두커니 바라보았다. 풍경이 다 말해주고 있었다. 하늘은 경찰서 건물처럼 잿빛이었다. 게다가 부슬부슬 비까지 내리고 있었다. 신께서 우리한테 침이라도 뱉으시는지.

며칠째 밤마다 같은 꿈을 꾸고 있다. 생뚱맞은 꿈
이다. 깨어나서도 생생하게 기억나는 꿈, 다른 사람
에게 자세히 이야기해줄 수 있는 그런 꿈.

꿈속에서 난 창문을 활짝 열어젖혔다. 볕이 쨍쨍했
다, 눈을 뜰 수 없을 정도로. 나는 창밖으로 두 다리를
내밀고 창턱에 걸터앉았다. 이윽고 나는 훌쩍 날아올
랐다. 그리고 점점 더 높이 날아갔다. '영세민용 임대
아파트'가 까마득히 멀어지더니 장난감처럼 보이기
시작했다. 나는 계속 날갯짓을, 아니 '팔짓'을 했다.
그러다…… 침대 오른쪽 벽에 머리를 처박고 말았다

(그 결과, 이마에 큼직한 멍이 생겼다). 그리고 제풀에 놀라 벌떡 일어났다. 현실로 돌아오기가 이렇게 힘들 줄이야.

난 뷔를로 선생님에게 꿈 이야기를 했다. 눈을 끔뻑이며 듣고 있던 여사는 이야기가 끝나자 이렇게 말했다.

"아, 맞아, 맞아…… 〈아틀라스〉에도 그런 장면이 나오지……"

아, 그래요? 드라마의 한 장면 같다고요? 어쩌면 뷔를로 선생님은 심리치료사가 아닌지도 모른다. 아마 방송작가일 거다. 나한테서 얻어들은 시시껄렁한 이야기를 가지고 시트콤을 만들 생각이겠지. '뷔를로'라는 성도 분명히 가짜일걸? 진짜 이름은 '로랑스 부샤르'나 뭐 그 비슷한 것일 테고. 'AB프로덕션'에서 작가로 일하고 있을 거야. 바로 그거라니까…… 구상은 이미 끝났으니, 곧 촬영에 들어가겠지. 머잖아 전 세계에 선생님의 시트콤이 방영되겠군. 심지어는 일본어로도 더빙이 되겠지. 하지만 이몸은 저작권

료를 한 푼도 받을 수 없다는 거 아냐. 그저 그 시트콤의 열렬한 팬이 되는 수밖에. 수백만 명이 넘는 익명의 팬들, 그 무지몽매한 팬들 중 한 명이……

내가 왜 '〈아틀라스〉의 한 장면'을 선생님한테 이야기했는지 모르겠다. 그것 말고 다른 이야기들도 왜 했는지 모르겠고……

심심해서 죽을 지경이던 어느 날, 나는 다용도실로 가서 『아틀라스』 지도책을 끄집어냈다. 초등학교 5학년 때의 가격이 붙어 있었다.

다용도실은 창고랑 비슷하게 생겼으면서 창고보다 작고 대개 아파트 복도 끝에 붙어 있다. 그리고 온갖 잡동사니들을 처박아두는 데 쓰인다.

난 『아틀라스』를 펼쳤다. 전 세계가 한 페이지에 들어 있었다. 사는 게 힘들었으므로, 나는 멀리 떠나는 상상을 하며 지도 위에 내가 갈 길을 표시했다. 나중에 그 길을 따라 멋진 세상 구경을 할 생각이었다. 물론, 연필로 표시했다. 새 책에 볼펜으로 낙서한 걸 엄마한테 들켰다간 눈물이 쏙 빠지게 혼이 날 테니까.
어쨌든 난 지도 위에 나만의 여정을 표시해두었다.
아직은 출발점에 서 있지만. 그 출발점은 리브리 가
르강이지만.

그건 그렇고, 내가 떠나는 걸 엄마가 허락해주실까?
그러면 〈불같은 사랑〉은 누가 녹화해주나? 사라는 누
가 보육원에서 데려오고? 릴라 씨가 새 보모를 구하
느라 애먹겠는데? 그러고 보면 나를 필요로 하는 사
람이 꽤 많은 것 같다. 아이, 좋아라.

사실 난 하루에도 몇 번씩 다른 사람이 되고 싶다.
다른 곳, 다른 시대에 사는 그 누군가. 난 종종 〈초
원의 집〉에 나오는 '잉걸스' 네 식구가 되고 싶다.

구체적으로 설명하자면 다음과 같다.

아빠랑 엄마랑 아이들이랑 순한 개, 그리고 헛간이
있는 집. 일요일마다 가족들은 손에 손을 잡고 교회
로 향한다. 모자와 리본으로 꽃단장을 하고. 그들 사
이로 넘쳐흐르는 행복…… 시대적 배경은 1900년대
초반이다. 가스등에 증기기관차에 고전적인 의상, 그

리고 기타 등등 옛날 냄새가 나는 것들을 보면……
내가 잉걸스네 가족을 좋아하는 이유? 어떤 비극이 닥
치더라도 '기도 한 번, 눈물 찔끔' 하고 나면 그만이
거든. 다음 편에서 그들 가족은 그 일을 깡그리 잊어버
린 듯 행동한다. 한마디로 '한 편의 영화'지 뭐……

창피하다. 잉걸스네 식구들이 나보다는 훨씬 더 잘
차려입고 있으니까. 구질구질한 촌구석에 사는 농투
성이들인데도 말이다. 지금 걸치고 있는 이 스웨터만
해도 그렇지, 근검절약의 화신 '피에르 신부님'*도
이런 건 '사절'일 거다. 한번은 영어로 뭔가가 큼지막
하게 쓰여 있는 자주색 별무늬 스웨터를 학교에 입고
갔다. 엄마가 헌옷가게에서 사온 옷이었다. 단돈 1유
로에 '건진' 옷이라며 어찌나 뿌듯해하던지. 엄마를
실망시키고 싶지 않아서 학교에 입고 가긴 했지만 왠
지 예감이 좋지 않았다. 뭔가 찜찜했다. 내 예감은 적
중했다. 머리를 염색하고 화장을 떡칠한 걸로 모자라

---

* 집 없고 가난한 이들을 위한 엠마우스 공동체를 만들어 50여 년간
사랑을 실천, '살아 있는 성자'로 불리는 프랑스의 신부.

'뽕브라'에 '통굽구두'로 무장한 날라리 계집애들이 날 마구 놀려댔으니까. 옷 위에 쓰여 있던 말은 바로 'Sweet Dreams', 그러니까 '좋은 꿈 꾸세요' 였던 것이다. 망할 놈의 자주색 스웨터, 그건 바로 잠옷 윗도리였다. 중학교 1학년 때 '미스 베이커 선생님'의 수업을 좀더 열심히 들어둘걸.

학교에서 나오는 길에 하무디 오빠랑 마주쳤다. 차를 몰고 가던 오빠는 나를 집까지 데려다주겠다고 했다. 나는 신이 났다. 드디어 그 날라리 계집애들 앞에서 '폼'을 잡을 수 있게 됐군. 그것도 짝퉁 안토니오 반데라스랑(쾌걸 조로 역의 반데라스 말이다. 하긴, 오빠가 칼자국도 더 많지). 하지만······ 아무도 날 보지 못했다. 뭐 어때.

이젠 향수 냄새를 풍기는 게 오빠한테 제법 어울리는 것 같다. 파르라니 면도를 한 것도. 칼자국이 선명하게 드러나 보여서 좋다. 그게 또 애틋한 마음을 불러일으킨다. 다정한 반항아, 뭐 그런 느낌이랄까……
액션영화의 주인공처럼 말이다. 언제부터 그렇게 면
도를 하고 다녔냐고 물어봤더니 기억이 나지 않는단
다. 말하고 싶지 않은 거겠지. 가증스러워라. 웬 '신
비주의' 작전?

지난주랑 차가 다르다. 하무디 오빠 차도 참 잘 바
꾼다. 중고차 판매상하고 사귀고 있거나 수상쩍은 거
래를 하고 있거나 둘 중 하나겠지. 두번째 경우일지
도 모르니, 난 입을 다물고 있어야 한다. 하무디 오빠
랑 난 그렇게 지내고 있다. 오빠는 날 보호해주고(즉
자기 일에 말려들지 않게 하고), 난 오빠 일에 끼어들
지 않고.

차에 올라타면서 난 오빠를 쳐다보지도 않은 채 '안
녕'이라고만 말했다. 하지만 다 알고 있었다. 오빠가
날 빤히 쳐다보고 있다는 걸. 차는 출발하지 않고, 오
빠는 나만 쳐다보고. 아, 스트레스!

얼마나 시간이 흘렀을까, 오빠가 내 얼굴을 자기
쪽으로 돌리더니 싱긋 웃어 보이며 말했다.

"걱정하지 마! 넌 언제나 내가 제일 좋아하는 여자 니까!"

그러고 나서 오빠 낄낄거렸다. 난 좀더 삐친 척하고 싶었지만, 같이 웃고 말았다. 마음이 놓였다. 프리즈비*처럼 생긴 얼굴에 뾰족 구두를 신은 카린인지 뭔지와 나를 비교해서 하는 말이 틀림없었으니까. 내가 질투한다고 생각했겠지…… 잘났어, 정말. 어쨌든 그 계집앤 정말 별거 아냐. 가짜 금발에 자주색 옷이나 입고 다니는 주제에. 그게 무슨 상관이냐고요? 나도 잘 몰라요……

하긴, 오빠가 그 계집앨 만난 건 잘된 일이다. 뭔가 변화가 생겼잖아. 나야 오늘도 내일도 '킵킵', 아랍말로 '그게 그거' 지만.

차에서 막 내리는데, 아지즈 아저씨(우리 동네 구멍가게 주인아저씨)가 반갑다고 손을 흔들었다. 그러고 보니, 우리 집에도 누군가가 한 명 더 있었으면 좋

---

* 던지고 잡으면서 노는 원반의 일종.

겠다. 지중해 너머로 도망가거나, 뾰족구두를 신은 가짜 금발 계집애랑 어울리거나 하지 않는 남자가. 엄마를 남몰래 사모하고 있는 게 틀림없는 아지즈 아저씨 말고 믿을 만한 사람이 또 누가 있을까……

아지즈 아저씬 한 쉰 살쯤 되어 보인다. 키가 작고 완전 대머리에다 손톱엔 때가 새카맣게 끼어 있다. 그리고 틈만 나면 혀끝으로 잇새에 낀 이물질을 제거하는 데 열중한다. 아저씨의 가게 '시디 모하메드 마켓'에는 유효기간이 지난 물건들이 수두룩하다. 진열대에 놓인 음료수 말고 냉장고—가게 한구석에 놓여 있는 고양이 콧구멍만 한 냉장고—에 들어 있는 찬 음료수를 사려면 돈을 더 내야 한다. 한번은 바게트를 사려던 한 아줌마가 빵 속에서 바퀴벌레가 기어나오는 걸 보고 구청 위생과에 신고한 일도 있다. 라마단이 끝나고 '아이드 알 아드하' 축제가 시작되면 아저씨는 먹을거리가 잔뜩 들어 있는 장바구니를 엄마한테 선물한다. 그리고 우리한테는 외상도 순순히 그어준다. 외상값 받기가 힘들다는 걸 잘 알면서도. 가끔은 아저씨도 툴툴댄다. 아랍식 억양이 고스란히 묻어나는 말투로. "허허이 참! 그러케 자하쿠 외상을 그 허대면 나중엔 어처시려고!" 아지즈 아저씬 재밌는 사람이다. 물건값을 치를 때면 꼭 우스갯소리를 한 가지씩 들려준다.

"선생님이 토토 학생한테 물었어. '한 병에 이 유로 하는 포도주를 열두 병 사면 계산이 어떠케 되지?' 하고. 토토가 뭐라고 대답해케? 토토 왈, '사흘이요, 선생님.' 이래탄다……"

그리고 아저씨는 껄껄 웃어댄다. 아저씬 순 사기꾼 이지만 어쨌든 마음씨 하나는 끝내준다. 우리 동네 사람치고 아지즈 아저씨를 좋아하지 않는 사람은 아무도 없을 거다. 엄마랑 아저씨가 결혼하면 우리 집엔 먹을거리가 차고 넘칠 텐데. 나도 안다, 아저씨가 대형 할인마트의 사장님이 아니라는 것쯤은. 그래도 누가 아나, 몇 년 뒤엔 '시디 모하메드 마켓' 뉴욕 점이나 모스크바 점이 생길지……

드디어 엄마가 그 망할 놈의 호텔 일을 때려치웠
다. 이제부터는 껌값도 안 되는 돈을 받으려고 '돈덩
어리'들의 뒤치다꺼리를 하지 않아도 된다는 얘기지.
시옹 씨는 엄마한테 퇴직금조차 주지 않았다. 파업
때문이라나…… 불법 해고라는 거, 나도 다 안다. 엄
마가 없으니 시옹 씨의 밥줄인 포퓰러원 호텔은 쫄딱
망할 거다. 엄마처럼 침대 정리를 잘하는 사람은 없
거든. 힘차고 섬세하게 시트를 잡아당기는데, 나중에
보면 시트가 구김살 하나 없이 **빳빳**하게 펴져 있다.
군인들도 그렇게는 못 할걸? 어쨌든 난 엄마가 호텔

일을 그만둬서 좋다. 도대체 그게 무슨 직장인가. 일
은 고되면서 월급은 형편없고. 게다가 날이면 날마다
그 잘난 사장 시옹 씨의 못난 낯짝까지 쳐다봐줘야
하니.

어쨌든 구청 덕분에 일이 잘 풀렸다. 왜 '어쨌든' 이
라는 말을 붙이냐고? 뒤거시기 선생님, 즉 사회복지
사 노릇을 하시는 '바비인형' 께서 엄마한테 문맹퇴
치학교를 소개해줬다는 사실을 인정하자니 말이 잘
나오지 않아서. 그 학교는 일과 공부, 두 가지를 동시
에 가르쳐주는 곳이다. 엄마는 우리말 수업을 받을
거다. 읽고 쓰는 법을 배우겠지. 선생님, 칠판, 큼직
하게 네모칸이 그어진 공책 그리고 숙제. 참, 엄마가
숙제하는 걸 도와줘야겠다.

'왕재수' 나빌 그 자식, 꽤 쓸모가 있다. 화학식을
이해하기 힘들 때나 방바르시슈 선생님이 내준 숙제
를 까먹었을 때. 발음이 좀 시원찮은 게 문제지만. 고
향이 튀니지거든. 녀석의 말을 듣고 있자면 록 밴드

가 떠오른다. 턱수염을 기르고 시커먼 선글라스를 낀 채 목쉰 소리로 노래하는 아저씨들이.

우습게도 엄마는 학교에 갈 생각을 하면 겁부터 난다고 한다. 엄만 학교 문턱도 밟아본 적이 없다. 그래서 그렇게 떠는 거다. 돈 몇 푼 벌겠다고 새벽 다섯시에 일어나 뼈빠지게 일하는 건 아무렇지도 않은 엄마였는데. 학교 가는 건 장난이 아니라고 생각하는가보다. 하긴, 거기서 일자리 구하는 요령도 가르쳐준다니까. 난 엄마가 수업을 열심히 들어서 '끝내주는' 일자리를 찾았으면 좋겠다. 학교에 다니는 동안 엄마는 돈도 받고 집에도 일찍 돌아올 거다. 아마 나랑 동시에 돌아오게 되겠지. 앞으론 엄마 얼굴을 자주 볼 수 있게 생겼다. 나한테도 엄마가 있다는 사실을 잊어버릴 일은 없겠는걸?

수업이 보름 뒤에 시작되기 때문에 요즘 난 엄마가 차려주는 점심을 먹는다. 야채참치 통조림 말고 다른 걸 먹을 수 있다는 얘기.

엄마가 즐겨보는 프로그램은 바로 저녁시간대의 일기예보다. 특히 갈색머리 아저씨가 나오면 좋아서 어쩔 줄 모른다. 내가 보기에 그 아저씬 오락 프로그램 진행을 맡으려다 너무 나대는 바람에 기상캐스터로 밀려난 것 같다. 어쨌든, 아저씨는 이제 막 카리브해에서 대형 태풍이 다가오고 있다고 전했다. 엄청난 인명피해 및 재산손실이 염려된단다. 태풍의 이름은 '프랑키'. 엄마가 말하길, 양코배기들은 왜 꼭 자연재해에다 사람 이름을 갖다붙이려드는지 모르겠단다. 난 엄마랑 이렇게 흥미진진한 이야기를 나눌 때가 참 좋다.

아지즈 아저씨가 좋긴 하지만, 아저씨네 가게의 물건들은 삼분의 일 이상이 유통기한을 넘긴 것들이기 때문에 가끔 난 '말리스타'라는 슈퍼에 간다. 구멍가게만 한 슈퍼인데, 꽤 오래됐다. 그리고 그 동안 계속 이름이 바뀌었다. 내가 기억하는 이름만 열 개는 될걸? 월드프로비전스, 베터프라이스, 투티프리…… 문제는, 사람들마다 기억하는 이름이 가지각색이라는 거다.

난 그 말리스타에 가서 생리대를 한 뭉치 샀다. 포장지가 소방수 아저씨들의 작업복처럼 오렌지빛으로 요란하게 빛나는 싸구려 생리대를. 그것만 해도 망신 살 뻗치게 생겼는데(동네방네 '나 생리해요' 하고 알리는 꼴이니까), 이 무슨 운명의 장난인지 계산대 앞까지 '파리 다카르 랠리'*가 펼쳐졌다. 그것도 '자전거' 랠리가…… 천신만고 끝에 계산대 앞에 섰지만, 운명의 여신은 또다시 내 발을 걸고넘어졌다. 바코드가 찍히지 않았던 것. 점원 언니는 계속해서 입력기에 물건을 갖다댔지만, 그때마다 구식전축 돌아가는 소리만 요란했다. 말리스타의 점원 모니크 언니는 정말이지 계산대를 맡아보기에 안성맞춤인 얼굴을 하고 있다. 얼마나 납작하게 생겼는지 팩스로 보낼 수도 있겠구나 하는 생각이 들 정도다. 나 같으면 머리 모양을 그렇게 만들어놓은 미용사를 고소해버렸을 텐데. 모니크 언닌 유머감각이 풍부하다. 일요일 오후마다 개그맨 피에르 팔마드 아저씨의 원맨쇼를 보거든. 어쨌든 그 망할 놈의 생리대를 계속해서 입력

---

* 파리에서 지중해와 사하라 사막을 지나 아프리카 세네갈의 다카르까지 총 만여 킬로미터에 이르는 지옥의 자동차 경주.

기에 갖다대다 지친 모니크 언니는 직접 상품번호를 입력하는 대신 마이크를 잡았다. 그 순간, 난 다리가 후들거리기 시작했다. 뒤이어 땀방울이 이마를 타고 흘러내리기 시작했다. 지뢰를 제거할 때의 심정이랄까. 모니크 언니는 우렁찬 목소리로 외쳤다. 마이크를 잡고 소리지를 건 또 뭐람.

"레몽!!! 생리대 가격 좀 가르쳐줘요! 이십사 개입에 보너스 두 개입, 중형, 초강력 흡수, 양 날개 부착이라고 돼 있는데?!"

아무 대답이 없자, 모니크 언니는 다시 꽥 소리를 질렀다.

"에이! 레몽!! 지금 자요?"

그러자 웬 아저씨가 무시무시한 목소리로 그 빌어먹을 생리대, 2유로 38상팀이라고 버럭 고함을 질렀다. 갈수록 태산이라더니, 난 돈도 모자랐다. 다행히 모니크 언니가 외상을 그어주긴 했지만. 이럴 줄 알았으면 생리 같은 건 시작하지 않았을 텐데……

집에 돌아왔을 때, 엄만 조라 이모한테서 걸려온

전화를 받고 있는 중이었다. 이모는 유세프 오빠가 곧 재판을 받게 될 텐데 걱정이라고 했다. 요즘 들어 이모는 부쩍 자주 전화를 한다. 한밤중에도. 잠이 오지 않는단다. 엄마랑 이모는 오래도록 통화를 한다. 그리고 두 사람의 대화는 곧잘 긴긴 침묵으로 끊어진다. 내가 그걸 어떻게 아느냐, 그건 엄마가 통화음 확대 단추를 눌러놓았기 때문이다.

"정말이지, 야스미나 넌 운이 좋은 거야. 아들이 없으니. 신께서 너랑 함께하신다는 증거 아니겠어, 넌 잘 모르겠지만……"

"……"

"그러니까 내 말은, 딸애를 키우는 게 훨씬 수월하다고! 내 참, 내 평생 그 녀석이 우는 꼴을 본 적이 없는데…… 그런데 어제 면회를 갔더니, 내 품에 달려들면서 훌쩍거리지 뭐야. 꼭 계집애처럼. 울컥하더라고……"

"신께서 도와주실 거야!"

"그러면 얼마나 좋을까…… 영감한텐 뭐라고 하

지? 두 달만 지나면 돌아올 텐데……"

"빨리 유세프가 풀려나길 기도하는 수밖에……"

엄마랑 이모는 신을 철석같이 믿고 있다. 하루빨리 유세프 오빠가 풀려났으면 좋겠다. 오빤 그런 돼먹지 못한 일을 당해야 할 이유가 없으니까. 난 법이니 뭐니 하는 건 잘 모른다. '페리 메이슨'* 시리즈 말고는. 그 시리즈엔 재판 내내 꾸벅꾸벅 졸기만 하는 판사가 나온다. 그래도 사람들은 그 판사를 '존경하는 재판장님'이라 부르던걸?

정의란 게 무슨 의미가 있을까, 유세프 오빠가 감옥에 간다면.

---

* 미국의 유명 추리작가 가드너의 추리소설 시리즈명. 유능한 변호사 페리 메이슨이 주인공이며 텔레비전 영화로도 만들어졌다.

오빠 감옥에 갔다. 징역 일 년을 선고받고. 조라 이모는 사는 게 지겹단다. 다음 달이면 남편, 즉 '미치광이 영감'이 돌아오기 때문에 이모는 지금 겁에 질려 덜덜 떨고 있는 중. 나머지 두 아들 레다와 함자는 성적이 '기하급수적으로' 떨어지고 있다. 게다가 툭하면 동네 건달들과 주먹다짐을 벌인다. 걸핏하면 '애비 없는 후레자식'이란 놀림을 받기 때문이다. 유세프 오빠는 지금쯤 감방 한구석에 웅크리고 앉아 있겠지. 날 자주 놀려먹었지만, 그래도 그런 데서 일 년을 썩어선 안 되는데.

하무디 오빠만 해도 그렇다. 감옥에서 나온 다음부터는 내내 힘만 들고 벌이는 신통찮은 임시직이나 아르바이트만 전전하고 있으니. 정말이지 오빠 그때부터 사람 구실을 못 하고 있다. 요샌 마약 밀매로 입에 풀칠을 하고 있단다. 그게 어디 사람답게 사는 거야? 마약 밀매자용 건강보험이나 노후보장보험 같은 건 들어본 적도 없는데. 어쨌거나 유세프 오빠에게 그런 일이 일어나다니. 몇 달 전 점쟁이한테서 그런 말을 들었으면 난 흥! 하고 코웃음을 쳤을 거다.

엄마는 처녀 적에 고모랑 이웃 아주머니 손에 이끌려 점을 보러 간 적이 있다고 한다. 결혼을 하지 않겠다고 하도 고집을 부려서 벌어진 일이었다. 점쟁이 왈, 신랑 될 사람은 바다 저편에서 배를 타고 올 것이며 흙과 돌을 다루는 사람일 거라고 했다나. 그건 아빠를 두고 한 말이 틀림없다. 아빠 신붓감을 찾아 지중해 저편 프랑스에서 모로코로 왔으니까. 그리고 비행기표가 너무 비싸서 배를 탔으니까. 흙과 돌을 다루는 사람일 거라는 예언도 딱 맞아떨어졌다. 아빠 그때 토목공사에서 일하고 있었으니까. 점쟁이의 실수는 단 하나, 두 사람의 결혼이 어떤 식으로 끝날지 말해주지 않은 것뿐이었다. 원래 그쪽 사람들은 구미가 당기는 말만 골라서 하거든.

'보안관 아저씨'를 보라지. 백수건달인 아저씨가 고향인 튀니지를 떠나 프랑스로 온 건 지금으로부터 육 년 전. 동네 사람들은 하나같이 아저씨를 '보안관'이라 부른다. 아저씨가 진짜 카우보이처럼 행동하기 때문이다. 게다가 아저씬 큼지막하니 별이 달린 빨간색 보안관 모자까지 쓰고 다닌다. 새까만 머리하며 콧수염하며, 서부영화의 주인공이 따로 없다. 어느 날인가 그 아저씨가 점을 치러 갔더니, 점쟁이 왈, 곧 부자가 될 거라고 하더란다. 점쟁이 아주머니가 그 말을 한 지 벌써 몇 해가 지났는지 모른다. 아주머니도 참, '곧'이 언제쯤인지 좀 자세히 말해줄 것이지. 그때부터 '보안관' 아저씨는 3연승식 경마에 목을 매기 시작했다. 점쟁이의 예언을 철석같이 믿으면서.

아저씬 늘 동네 담뱃가게에서 결과를 기다린다. 그런데 한 번도 맞춘 적이 없으니 울화가 치밀 수밖에. 아랍인답게 성격도 불같은데다…… 결과가 나올 때마다, 즉 실패할 때마다, 아저씨는 모자를 벗어서 두 손으로 짓뭉갠 다음 아랍어로 한바탕 욕을 퍼부으며 가게를 나선다. 도대체 몇 해째 그 짓을 되풀이하고 있는지……

하긴, 나도 그런 복이 굴러들어오길 바랄 때가 있다. 나보다 더 복 없는 사람도 있는데…… 그럼, 그렇고말고. 초등학교 때 같은 반이었던 한 사내아이가 생각난다. 그앤 늘 덩치 큰 애들한테 맞고 살았다. 키가 작고 금발인데다 안경까지 낀 걸로 모자라, 늘 앞자리에만 앉는데다 일등을 도맡아 하는 걸로도 모자라, 마르디그라* 땐 담임선생님한테 크레프**를 선물하고 급식시간엔 맘껏 돼지고기를 먹어댔으니, 먹잇

---

* 사순절이 시작되는 재의 수요일 바로 전날인 화요일을 가리키는 말. 금욕을 해야 하는 사순절 전에 맛있는 음식을 먹는 날이다.
** 밀가루, 우유, 달걀을 반죽해서 전처럼 넓적하게 부친 프랑스 요리.

감으론 최고였지 뭐.

엄마가 문맹퇴치학교에 나가기 시작했다. 엄만 학
교에 가는 게 즐거운가보다. 벌써 친구도 둘이나 생
겼단다. 탕헤르가 고향이라는 모로코 출신 아주머니
랑 노르망디 출신 '제킬린' 할머니랑. 아마 담임선
생님인 '자클린' 할머니를 가리키는 말이겠지? 난
엄마가 사교적인 사람이란 걸 깨달았다. 나랑은 반
대라는 걸. 어릴 때 난 종종 엄마 손에 이끌려 놀이터
에 갔지만 아무하고도 어울려 놀 수가 없었다. 그 놀
이터는 '프랑스 어린이 전용 놀이터'였으니까(이건
내가 붙인 별명이다). 프랑스인들이 많이 사는 전원
주택 지구 한가운데 있는 놀이터였거든. 한번은 '프
랑스 애들'끼리만 손에 손을 잡고 빙글빙글 돌면서
나를 따돌린 적도 있었다. 마침 '이드 알 아드하', 즉
'희생제'* 날이었기 때문에 엄마는 내 오른손을 헤

---

* 이슬람력 제12월 10일에 지내는 이슬람교의 축제. 염소 따위를 옛
방식에 따라 신에게 제물로 바친다.

나로 물들여놓았고, 그 말썽쟁이들은 내가 손도 안 씻고 다니는 지저분한 계집애라고 생각했던 것이다.

그 꼬마들이 '인종의 다양성'이니 '문화적 융합'이니 하는 걸 어떻게 알았겠어. 그러고 보면 그건 그 애들의 잘못이 아니었다. 내가 살던 파라디 임대아파트 단지와 그애들이 살던 루소 전원주택 단지 사이에는 뚜렷한 경계가 있었다. 오래돼서 녹이 시뻘겋게 묻어나는 철창과 칙칙한 돌담. 마지노선이나 베를린 장벽보다 더 뚜렷한 경계. 지금도 마찬가지다. 그리고 파라디 쪽 담벼락은 낙서와 벽보로 칠갑이 되어 있다. 아랍식 전통 음악회며 연회를 알리는 각종 전단지들, 사담 후세인과 체 게바라를 찬양하는 글과 그림들, '튀니지 만세!'니 '세네갈은 살아 있다!' 등등의 선동적인 표어들, 그리고 제법 철학적이기까지 한 랩의 가사들. 그중에서 내가 제일 좋아하는 건 랩이 유행하기 전부터, 이라크에서 전쟁이 일어나기 전부터 그려져 있던 아주 오래된 그림

이다. 수갑을 찬 채 입에는 붉은 ×표가 그어져 있는
천사의 모습.

우리 아파트 12층에는 '감옥살이하는' 언니가 있었다. 이름은 삼라, 나이는 스물한 살. 그 언닌 오빠한테 철저히 감시당하고 있었다. 장을 보러 가는 경우가 아니면 집 밖으로 나갈 엄두도 내지 못했다. 장을 보러 가서도 조금만 늑장을 부릴라치면 당장 오빠한테 머리끄덩이를 붙잡힌 채 집으로 끌려가기 일쑤였다. 그다음엔 아버지한테 결딴나고. 요전에 삼라 언니의 비명소리를 들은 적도 있다. 집 밖으로 나가지 못해 울부짖는 소리였다. 삼라 언니네 집에선 남자들이 '왕'이었다. 언니가 아무리 짓밟혀도 언니의 엄만 아무 말도 하지 못했다. 속수무책일 뿐. 그 집 꼬락서니를 볼 때면, 여자로 태어난 건 정말 재수 없는 일이라는 생각이 들었다.

그런데 며칠 전에 이웃 아주머니들이 엄마를 찾아와 삼라 언니의 '탈출' 소식을 전해주었다. 삼 주째 행방이 묘연하다나. 그 아버지며 오빠는 언니를 찾기 위해 곳곳에 언니의 사진을 붙여놓았다. 가게며 우체국이며 빌딩이며 학교 등등에…… 중학교 1학년 때 사진인데, 복사된 사진 속에서 언니의 치아교정기는 흐릿하게 뭉개져 있다.

예전에 자크 프라델이 진행하던 사람 찾기 프로그램 〈다시 만나고 싶다〉가 생각난다. 출연자들 중엔 이십 년 넘게 만나지 못한 가족을 찾아달라는 사람도 있었다. 정말 대단한 프로그램이었다. 찾아야 하는 사람을 백이면 백 다 찾아냈으니까. 성형수술을 했어도 성씨를 갈아 치웠어도, 죽지만 않았으면 어떻게든 찾아냈다. 그리고 출연자들은 애타게 찾던 사람과 다시 만나는 순간, 눈물을 흘리거나 기절을 했다. 참 감격적인 순간이었다. 한번은 사촌형을 찾는 출연자가 나왔다. 알고 보니, 그 사촌형은 호주 시드니에 살고 있었다. 제작진은 사촌형이 살고 있는 모습을 촬영해 와서 출연자에게 보여주었다. 출연자의 기분은 별로였을걸? 오랜 세월 사촌형을 찾느라고 골머리깨나 썩였는데, 알고 보니 형은 좋은 직장에 다니며 좋은 집에서 가족들과 잘 먹고 잘살더라……

어쨌든 요즘 동네 사람들은 삼라 언니 이야기밖에 안 한다. 불룩한 배를 안고 파리 시내를 돌아다니는 언니를 봤다는 사람도 있다. 임신했다는 얘기겠지…… 소문은 구멍가게에서 세탁소를 거쳐 초등학교 교실까지 번져나가고 있다. 삼라 언니가 집, 즉 '시멘트 감옥'에 갇혀 있을 땐 아무도 언니에 대해 걱정하지 않았다. 언니가 그렇게 사는 게 당연한 일이라는 듯이. 그런데 막상 언니가 폭군 아버지와 독재자 오빠한테서 벗어나니까 다들 언니를 욕한다. 도대체 어떻게 된 거야.

유세프 오빠 감옥에서 탈출하지 못했다. 오늘도 조라 이모한테서 전화가 왔다. 면회를 다녀왔는데, 오빠가 몰라보게 야윈데다 눈까지 멍해졌더란다. 걱정을 하고 조바심을 치긴 하지만, 이모는 예전보다 용감해진 것 같다. 오빠가 감옥에 처음 들어갔을 때만해도 죽네 사네 하더니만, 이젠 좀 의연해졌다. 시간이 약이라더니. 사실 좀 끔찍한 일이긴 하다. 산전수전 다 겪어 어떤 일에도 무심해진다는 건. 최악의 사태에도 무심해진다는 건.

이제 보름만 지나면 '미치광이 영감'이 이곳으로 온다. 그러면 도대체 어떤 일이 벌어질지. 엄마는 조라 이모한테 머리를 써야 한다고 일러주었다. 똑같은 이야기라도 어떤 식으로 전하느냐에 따라 달리 들릴 수 있다면서. 그렇다. 그럴 땐 연속극을 참고해야 한다. 〈선셋비치〉의 여주인공 게이비를 보라. 얼마나 영리하고 용감한가. 게이비는 남편 몰래 바람을 피운다. 그것도 시동생이랑. 그런데 그 시동생이 또 뭐 하는 사람이냐, 신부잖아. 정말 최악이다. 그런데 그 이야기를 남편(바보!)한테 어찌나 교묘하게 흘리는지. 거기에 비하면, 남편한테 자식이 내년 봄까지 감방에 있을 거라 얘기하는 건 식은 죽 먹기 아냐? 내가 엄마한테 낙제했다는 소식을 전하는 거나 마찬가지지. 일단 '낙제'가 뭔지 엄마한테 설명할 것. 엄마는 학교라는 게 어떻게 돌아가는지 통 모르는 사람이니까. 그러고 나서 '낙제'가 성공을 위한 지름길이라고 말해줘야지. 엄마한테 '성공'이란 사무실에서 일하는 걸 뜻한다. 빙빙 돌아가는 의자에 앉아, 빙빙 돌아가는 의자 곁에 난로를 끼고.

요 전날 밤, 하무디 오빠랑 계단참에서 잠시 수다를 떨었다. '사춘기의 반항'에 대해서. 마침 뷔를로 선생님한테 그 이야기를 들었기 때문이었다.

하무디 오빠 그런 건 자식 교육에 젬병인 양코배기 부모들이 내세우는 핑계에 불과하다고 했다. 난 그렇게 생각하지 않는다. 가끔 하무디 오빠는 단순무식해 보일 때가 있다. 오빠 사춘기의 반항 같은 건 꿈도 꾸지 않았단다. 만약 그랬어도 아버지가 그 반항기를 알아서 잠재워줬을 거라나. 오빠는 카린(축제 때 봤던 그 가짜 금발)하고 끝났다는 이야기도 했다. 목소리가 울적했다. 난 안됐다고 생각하면서도 한편으로는 기분이 좋았다. 오빠랑 예전처럼 지낼 수 있게 됐으니까. 난 오빠를 위로해주었다. 카린인지 뭔지 하는 여자애, 머리통이 꼭 프리즈비 같더라고. 오빠 배를 잡고 웃었다. 하지만 둘이 왜 헤어졌는지는 이야기해주지 않았다. 설마하니 그 계집애, 시동생 될 사람하고 바람을 피우진 않았겠지. 오빠한테는 신부가 될 동생도 없지만.

오빠 끝내 둘이 헤어진 이유를 말해주지 않았다. 어린애가 그런 걸 알아서 좋을 거 없다고 생각한 거겠지. 하긴.

어제 저녁에 '왕재수' 나빌이 국민윤리 숙제를 도와준답시고 우리 집으로 왔다. 주제는 '왜 투표를 하지 않는가?'(꼭 시사 프로그램 제목 같다)였다.

'왕재수' 나빌과 난 열띤 토론을 펼쳤다. 먼저 나빌 녀석이 말했다. 파라디 임대아파트 단지에 사는 가방 끈 짧은 백수건달을 한번 떠올려보라고. 단칸 셋방에 늙은 부모님과 자식 넷을 포함, 여덟 식구가 한데 부대끼고 있는데 투표할 마음이 나겠느냐고. 녀석의 말이 옳았다. 당장 입에 풀칠하기도 힘든 처지에 시민의 권리는 무슨…… 먹고살기가 좀 편해진다면 모를까. 게다가 그 처지에 누구를 믿고 표를 던지겠냐고. 거봐, '왜 투표를 하지 않는가?', 이런 건 그 백수건 달한테 물어봐야 한다니까. 여드름투성이 '고딩'들 말고.

아마 다들 이런 마음을 먹고 있어서 우리 동네가 엉망진창이 되었나보다. 아무도 투표를 하지 않는다. 정치에 참여하려면 투표를 해야 한다. 난 스무 살이 되면 꼭 투표장에 갈 거다. 이렇게 다들 기권하는 건 말할 권리를 스스로 포기하는 거다. 권리가 있거든 행사해야지.

그런데, 그날 밤 나빌 녀석이 공부가 끝났는데도 갈 생각을 하지 않았다. 이런저런 이야기를 늘어놓으면서 녀석은 크래커 한 봉지를 다 먹어치웠다. 그걸로 일 주일을 버티려 했는데, 에이…… 얼마나 시간이 흘렀을까, 마침내 녀석이 자리를 털고 일어나기에 난 현관문까지 녀석을 배웅해주었다. 그런데, 문간에서, 녀석의 표정이 돌변했다. 녀석은 제법 진지한 얼굴을 하고 내 쪽으로 몸을 쑥 기울이더니, 나한테 키스를 했다. 진짜 키스를.

내 비상식량을 야금야금 훔쳐먹은 걸로 모자라, 감히 내 입술을 훔치다니! 그런데도 난 그 자리에서 아무 말도 하지 못했다. 바보같이. 온 얼굴이 토마토소스에 졸여놓은 고추처럼 새빨개진 채 '아, 안녕'이라고 말만 더듬었을 뿐. 문을 닫자마자 난 부엌으로 달려가 차가운 박하차를 큰 컵으로 한 컵 단숨에 들이켰다. 그리고 연거푸 두 번이나 이를 닦았다. 나빌 녀석의 침 냄새를 없애려고.

자, 이제 어쩌지? 다음에 나빌 녀석을 보면 뭐라고 말하지? 이렇게 말할까? 자전거를 타다 넘어져서 정신을 잃었는데, 깨어나보니 기억상실증에 걸려 있더라고. 그래서 아무것도, 정말이지 아무것도 기억나지 않는다고…… 아냐, 누가 그 말을 믿겠어. 나한테 자전거가 없는 건 온 동네가 다 아는 사실인데. 그걸 살 형편이 못 된다는 것도. 아니면 성형수술을 해버릴까? 나빌이 알아보지 못하도록. 그러면 두 번 다시 그 갈라터진 두꺼운 입술을 내 입에 갖다대지 못할 텐데. 우웩.

내가 꿈에 그리던 첫 키스는 그런 게 아니었다. 아니었고말고. 난 꿈같은 풍경 속에서, 그러니까 한적한 숲속 호숫가에서 붉게 타는 저녁놀을 배경으로 멋진 남자랑 첫 키스를 하고 싶었다. 그러니까 비타민 광고에 나오는 그런 남자랑. 짠! 하고 카메라를 향해 눈부신 미소를 지으며 '넘치는 활력!'이라고 외치는 그런 남자랑. 상상 속에서 그이는 내게 돌멩이와 손톱 다듬는 줄을 이용해 불 붙이는 법을 설명해주고 있다. 그렇듯 철학적인 이야기가 오가던 끝에 차츰차츰 가까워지는 두 사람. 마침내 두 사람은 서로를 부드럽게 감싸안고, 그리고 자연스럽게…… 물론 상상 속에서 난 예쁜 옷을 차려 입고 머리도 눈부시게 다듬은 상태다. 가슴도 제법 빵빵하고.

나빌과 나의 키스사건. 아직은 아무도 모르고 있다. 누구도 알아선 안 된다. 개망신이니까. 뷔를로 선생님도 엄마도 알아선 안 된다. 엄마가 알면 날 죽이려고 할걸? 내 첫 키스를 도둑질한 나빌이 밉다. 내

크래커까지 슬쩍하고서는. 하지만 아주 밉지는 않다.
그 이유는 나만 알지.

월요일. 뷔를로 선생님이랑 새로운 게임을 했다. 여사가 커다란 사진을 하나씩 보여줄 때마다 난 '좋아요' 혹은 '싫어요' 하고 그때그때 떠오른 느낌을 말해야 했다.

사진이 넘어가는 속도가 너무 빨라서 난 닥치는 대로 아무렇게나 대답했다. 그러다 웬 갓난아기의 사진을 향해 '싫어요' 하고 말해버렸다. 뷔를로 선생님은 더 사진을 넘기지 않았다. 그리고 어리둥절해 있는 나를 향해 그게 다 내 '가상의' 이복동생 때문이라고 말했다. 무의식 속에 이복동생에 대한 미움이 자리

잡고 있어서 갓난아기의 사진만 보면 무조건 '싫어
요'라고 대답하게 된다나. 최근에 엄마랑 난 내 이복
동생이 사내아이라는 걸 알게 되었다. 아빠네 이웃
아줌마가 편지를 보내왔던 것. 불난 집에 부채질이라
더니, 그 아줌만 프랑스어로 편지를 써보냈다. 그래
서 내가 엄마한테 편지를 읽어줘야 했다.

그건 그렇고, 뭐 하러 복잡하게 생각한담? 난 뷔를
로 선생님에게 그런 거 아니라고, 사진이 너무 빨리
지나가서 제대로 보지도 못하고 대답한 거라고 변명
했다. 뭔가 착각한 게 틀림없다고…… 이런 제기랄!
아기라면 무조건 좋아해야 하나? 빽빽 울어대고, 젖
비린내나 풍기고, 침이나 질질 흘리고, 똥이나 싸대
는 것들인데…… 게다가 사진 속의 아기는 못난이 중
의 상못난이였다. 꼭 기름이 질질 흐르는 크루아상
같지 뭐야.

게다가 그 갓난쟁이는 내 동생도 아니다. 아빠인지
얼간이인지 하는 인간의 아들일 뿐. 솔직히 뷔를로
선생님은 '왕짜증'이다. 만물박사인 척 흐뭇한 미소

(《인디아나 존스》 시리즈의 마지막 장면마다 해리슨 포드가 얼굴 가득 떠올리는 바로 그 미소!)를 지을 때면. 요즘 뷔를로 선생님은 날 볼 때마다 똑같은 말만 되풀이한다. 한창 클 나이니 이런저런 생각이 많을 거라나. 내가 크고 있다고? 제기랄! 안경 좀 바꾸시지! 키가 160센티미터에서 딱 멈춰버린 게 언젠데. 아니지. 아마 선생님은 내 '정신적인 키'가 크고 있다는 말을 한 걸 거야. 그렇다면야……

릴라 씨는 딸 사라의 키를 벽에다 까만 색연필로 표시해놓았다. 날짜와 함께. 재밌는 광경이다. 빽빽하게 그어놓은 짧막한 금들. 사라도 나중에 그걸 보면서 재밌어하겠지. 게다가 사라네 집은 온통 사라의 사진들로 도배가 되어 있다. 아주 어릴 적부터 지금까지 사라가 커가는 모습을 담은 사진들로.

사라는 좋겠다. 난 다섯 살 이전의 사진이 하나도 없다. 그 이후의 사진들도 학교에서 찍어준 단체사진들뿐…… 그런 생각이 드니 기분이 울적하다. 내가 완전히 존재하지 않는 것 같아서. 내가 '고추'를 달고 태어났으면 지금쯤 내 앨범이 산더미처럼 쌓였을 텐데.


사라를 보육원에서 데리고 오는 길에 하무디 오빠랑 마주쳤다.

"이야, 꼬마 공주님, 네가 사라야?"

"응."

"그렇게 분홍색 원피스를 차려 입고 있으니까 정말 예쁜데? 동화 속 요정 같아······"

"그런데 아저씨, 아저씬 이빨이 엉망진창이네? 생쥐 여왕님한테 부탁해서 새 이빨 갖다달라고 해······"

난 사라를 나무랐다. 어른한테 그렇게 말하면 못쓴다고. 하지만 하무디 오빤 아무렇지도 않은 듯했다. 오히려 재밌다고 웃어댔다. 맞다, 하무디 오빠의 이가 좀 엉망이긴 하다. 그래도 끔찍할 정도는 아니다. 그렇게 대마를 열심히 피워댔으니 성한 이가 남아 있는 것만으로도 감지덕지지······

어쨌든 하무디 오빠는 사라한테 홀딱 반해버렸다. 그리고 나한테 말하길, 어린애만큼 '신선한' 건 없다고, 얼마나 진지하고 솔직하냐고, 한마디로 '진짜배기' 아니냐고…… "이 썩어빠진 거짓투성이 세상에서 정직하게 사는 건 오로지 어린애들뿐이야." 하무디 오빠의 말이 맞을지도 모른다…… 요즘 들어 오빠 부쩍 생각이 많아진 것 같다. 그리고 열심히 일자리를 찾고 있다. 물론 오빠 말에 의하면 그렇다는 얘기다. 지금까지의 생활을 청산해야겠단다. 마약 밀매가 점점 더 위험해지고 있으니까. 그리고 "이제 이팔 청춘도 아니니까……" 이렇게 말하는 오빠의 눈빛이 얼마나 서글퍼 보이던지…… "인생을 반이나 살았는데 아무것도 한 게 없어. 헛살았지……" 난 지금이라도 늦지 않았다고, 해보지도 않고 지레 겁먹지 말라고 대꾸해주었다. 내가 어디서 그런 말을 배웠담? 아마 시사 토론 프로그램을 많이 본 덕분인가보다. 그러니까, '아내가 바람을 피우는데 가만히 있을 것인가, 말 것인가?' 같은 주제를 다루는 토론 프로그램. 그러고 보니, 하무디 오빠가 어쩌다 그런 말까지 하게 됐는지 알다가도 모를 일이다. 왜냐하면, 오빠 꽤 자유스런 분위기 속에서 자랐으니까. 뭐든지 하고 싶은 대로 할 수 있었다고. 할 수 없었던 건 단하나, 우는 것뿐이었다. 오빠의 아버진 입버릇처럼 말하고 다녔다. 남자는 절대로 눈물을 보여서는 안된다고. 아마 그래서 오빠가 그렇게 돼버렸나보다. 가끔씩 울어주는 게 얼마나 좋은 일인데.

벌써 여름방학이 됐다. 오늘 오후엔 알리네 식구가 모로코로 떠났다. 알리네는 해마다 여름이면 빨간색 대형트럭을 타고 프랑스와 에스파냐를 가로질러 고향으로 간다. 그리고 거기서 여름 두 달을 난다. 나는 알리네가 떠나가는 모습을 창 너머로 지켜보았다. 떠날 준비를 하는데 무려 한 시간이 넘게 걸렸다. 아이들은 하나같이 새 옷을 차려입고 있었다. 들뜬 기색이 역력했다. 부러워라. 알리네 트럭엔 짐이 한 일 톤쯤 실렸다. 그중 사분의 삼은 친척들이랑 친구들이랑 이웃사람들에게 나눠줄 선물이겠지. 해마다 알리네는 선물을 푸짐하게 싣고 고향으로 향했다. 이번에는 청소기까지 들고 가는 모양이었다. 그것도 로벤타 최신형으로. 알리 아줌마, 거기서 그걸로 청소하면 '폼' 나겠지?

게다가 이번에 알리네는 새 집에서 지내게 될 거다. 그 동안 밥과 파스타만으로 끼니를 때우며 집 짓는 데 돈들인 걸 보면, 그리고 아줌마가 청소기까지 들고 가는 걸 보면, 아예 거기 눌러앉기로 작정한 것 같다. 아이들이야 꿈에도 그런 생각을 해본 적이 없겠지만. 아마 어른들은 프랑스에 도착한 그날부터 줄곧 그 생각만 하고 살았을 거다. 결코 그들의 나라가 될 수 없는 망할 놈의 프랑스에 첫발을 내디딘 바로 그 순간부터.

우리 같은 이민자들 중엔 평생 고향에 돌아갈 생각만 하며 사는 사람들도 있다. 하지만 대부분이 죽어서야 소원을 이룬다. 수출용 화물처럼 비행기에 실려서. 그런 식으로 고향에 돌아가고 싶은 사람이 누가 있을까……

하긴, 살아서 고향에 돌아간 사람도 있다. 한때 아빠 노릇을 했던 그 인간처럼. 달랑 맨손으로 떠났다는 게 남들과 다른 점이긴 하지만.


이따금 난 내가 폴란드나 러시아에서 태어났다면 지금쯤 어떻게 되었을까 상상한다. 아마 피겨 스케이팅 선수가 되었겠지. 그것도 초콜릿 메달이나 기념 티셔츠 따위를 상으로 주는 시시껄렁한 대회 말고 대회다운 대회, 즉 동계 올림픽 같은 데서 아름다운 클래식 음악에 맞춰 진기묘기를 선보이며 박수갈채를 받는 그런 선수가. 권위 있는 심사위원들은 학교 선생님들처럼 엄격하게 점수를 채점하고 관중은 선수가 스테이크처럼 바닥에서 뒹구는 걸 보며 환호성을 질러대겠지. 어쨌거나 품위는 지켜야 하는데. 사실, 피겨 스케이팅은 너무 야하다. 반짝이 장식이 주렁주렁 달린 의상하며…… 게다가 다리만 들면 팬티가 훤히 드러나잖아. 엄만 내가 그런 모습으로 텔레비전에 등장하는 걸 별로 좋아하지 않을 거다. 그리고 내가 만약 러시아 여자라면 이름이 무지하게 복잡하고 길겠지? 분명히 금발일 테고. 나도 다 안다. 이런 게 바로 썩어빠진 고정관념이라는 걸. 갈색머리에 이름이 기막히게 짧은(너무나 발음하기 쉬워서 입에 착착 감기는) 러시아 여자도 많겠지. 게다가 평생 스케이트라곤 발에 꿰어본 적이 없는 여자들도 수두룩할 테고.

이제 난 경비견처럼 동네나 지키며 남들이 구릿빛으로 그을린 얼굴을 하고 돌아오기만을 기다려야 한다. 나빌 그 녀석마저 자취를 감춰버렸다. 아마 부모님이랑 고향 튀니지로 갔겠지.

방학이라 숙제며 논술공부를 도와줄 일도 없지만. 어차피 이제부터 난 논술 같은 건 할 일이 없다. 혹시라도 '드라이'니 '헤어 컬'이니 하는 주제로 논술을 한다면 모를까. 참, 깜빡 잊고 말 안 했네. 내가 낙제하지 않는 사건이 발생했다. 그런데 학교 측에선 교

실이 비좁아서 아무나 학교에 남겨둘 수 없다고 했
다. 이 '아무나'에 내가 포함된 것. 그러고는 부랴부
랴 가까운 실업고등학교의 미용사 자격증 반에 나를
밀어넣었다. 하무디 오빠가 그 이야기를 듣고 얼마나
분해하던지. 학교 측에 따져야 한단다. 교장한테 압
력을 넣고 선생들을 윽박질러서 그 말도 안 되는 결정
을 취소시켜야 한대나…… 그 작자들은 내 앞날을
결정할 권리가 없다는 거였다. 난 어차피 뭘 해야 할
지 갈피를 잡지 못하고 있었다고, 아무도 나한테 진로
에 대해 말해주는 사람이 없었다고 대꾸했다. 그리고
혹시 아느냐고, 미용일을 좋아하게 될지…… 그렇고
말고, 쭈글쭈글한 할머니들을 앉혀놓고 몇 올 안 되는
머리카락으로 파마를 말고 있으면 신이 나겠지. 세 올
밖에 안 되는 머리카락에 한재산 쏟아붓는 할머니들
을 보고 있으면. 신이 날 거야. 벌써 감이 오는데……

우리 동네에 미용사 자격증을 딴 언니가 하나 있다.
미용실을 차릴 돈은 없고, 배운 기술은 써먹어야겠
고, 해서 언니는 출장 미용사가 됐다. 벌이가 짭짤하

단다. 결혼식만 있으면 사방에서 언니를 불러대니까. 여자들은 언니한테 드라이어나 고데기로 머리를 쫙 쫙 펴달라고 한다. 그래봤자, 한 두세 번만 춤을 추고 나면 머리가 땀에 젖어 다시 곱슬곱슬해지지만……

결혼식 이야기가 나왔으니 말인데, 곧 결혼식이 또 한 건 있을 것 같다. 바로 그 이름도 유명한 시디 모하메드 마켓의 주인 아지즈 아저씨가 결혼을 한단다. 세계 최고의 구두쇠 아지즈 아저씨가. 입맛이 썼다. 그럼 이제 엄마하곤 '텄다'는 얘기잖아……

우리 동네 최고의 수다쟁이 라시다 아줌마한테서 들은 얘긴데, 아저씬 모로코에서 데려온 처녀랑 결혼한단다. 우리 동네에 왜 그렇게 독신여성이 많은지 이제 알겠다니까. '수입'을 했으면 '수출'도 해야지…… 우리도 미국식으로 결혼하면 좋을 텐데. 결혼서약이 끝나면 목사가 이런 말을 하잖아. "이 결혼에 반대하시는 분은 지금 말하십시오. 아니면 평생 입을 다무십시오." 그러면 끝내주게 용감한 남자가 분위기를 깨뜨리며 팔 년 동안이나 신부를 남몰래 사랑해왔다고 고백하지. 고백을 들은 신부는 눈에 눈물이 그렁그렁한 채 자기도 마찬가지라고 말을 더듬고. 정의에 죽고 정의에 사는 새신랑은 (울며 겨자 먹기로) 그 끝내주게 용감한 남자와 악수를 하며 두 사람의 앞날을 축복해. "잘 살아요, 형!" 그러고는 거금을 들여 빌린 턱시도를 벗어줘. 그러면 그 끝내주게 용감한 남자와 그가 팔 년 동안 남몰래 사랑해왔던 여인은 마침내 사람들의 축복 속에서 결혼하는 거야……

아지즈 아저씨의 결혼식 때 엄마도 그렇게 하면 어떨까. 아저씨한테 당신처럼 낭만적인 사람은 처음 봤다고, 벌써 몇 년째 당신만 바라보고 있었다고, 대머리에다 손톱도 시커멓지만 그래도 당신이 좋다고…… 꿈 깨라 꿈 깨. 엄만 죽었다 깨어나도 그런 짓은 못 할 사람이니까. 게다가 아지즈 아저씨의 결혼식엔 온 동네 사람들이 다 모여들 텐데, 그러면 망신이지, 개망신이라고. 게다가 우린 결혼식에 초대받지도 못할 것 같다. 밀린 외상 빚이 얼만데. 그러고 보니, 우린 한번도 초대 같은 걸 받아본 적이 없다. 다들 잔치가 끝

나면 찾아와서 미안하다고들 할 뿐. 상관없다. 엄마
랑 난 '상류층' 한텐 관심 없으니까.

일요일 아침, 엄마랑 중고품 가게에 갔다. 엄만 신발이 한 켤레 필요하다고 했다. 신던 신발은 왼짝 앞부리에 구멍이 나서 그걸 신고 비오는 날 돌아다니거나 아침 일찍 풀밭을 밟으면 발가락이 축축하게 젖어 버린다나.

가게 안을 돌아다니며 이것저것 구경하고 있는데, 등 뒤에서 계집애들이 수군대는 소리가 들려왔다.

"쟤, 뭐야? 엄마도 거지 같지만 딸은 더하네⋯⋯ 저 옷도 여기서 건진 거겠지?"

"그렇겠지 뭐. 냅둬. 자기들한텐 중고품 가게가 바

로 라파예트 백화점이니까……"

계집애들은 킥킥대기 시작했다. 사악하게, 소리 죽여. 난 엄마를 돌아보았다. 엄만 아무 소리도 못 들은 듯 미셸 사르두의 옛날 음반만 열심히 들여다보고 있었다. 표지 사진 속의 미셸 사르두는 더벅머리를 하고 있었다. 1980년대에 미용사란 미용사는 모조리 나라 밖으로 쫓겨나 밀림 가운데 동굴 속에서 생활하다가 1990년대에나 돌아오기 시작했나보다.

난 그 못된 계집애들을 돌아보지 않았다. 산 채로 씹어삼키고 콧구멍을 갈가리 찢어발겨도 시원찮을 지경이었지만, 난 그러지 않았다. 그저 아무것도 못 들은 척, 아무렇지도 않은 척했다. 난 엄마랑 팔짱을 꼈다. 그리고 엄마한테 꼭 달라붙었다. 계집애들이 미워 죽을 지경이었다. 금방이라도 눈물이 쏟아질 것 같았다. 코가 시큰거렸다. 엉엉 울고 싶었지만 난 꾹꾹 눌러 참았다. 무슨 일이 있었는지 엄마가 알지 못하도록. 혹시라도 알게 되면 엄마가 미안해할 테니까. 게다가 엄마는 하나에 1유로 하는 채칼에 온 정신이 팔려 있었다. 괜히 방해할 필요가 없었다. 이럴 때 난 좀더 강해지고 싶다. 딱딱한 껍질로 둘러싸이고 싶다. 평생, 어떤 것도 날 괴롭히지 못하도록.

아지즈 아저씨의 결혼식엔 온 동네 사람들이 다 모여들었다. 아저씨는 결혼식을 위해 리브리 가르강에서 가장 큰 연회장을 빌리고 페스* 전통음악 연주단을 초청했다. '네가파'도 둘씩이나 동원했다(네가파는 우리 모로코에서 결혼과 관련된 모든 것─예식장, 결혼예복, 신부화장, 패물, 피로연 등등─을 맡아보는 사람이다). 한마디로 끝내주는 결혼식이었다. 아지즈 아저씨, 참 통도 크지. 이건 다 남들한테 들은 얘기다. 우린 결혼식에 초대받지도 못했으니까.

사회복지사 뒤거시기 선생님을 한동안 보지 못하게 됐다. 선생님이 출산 휴가를 얻었기 때문이다. 선

---

* 매년 세계 종교음악 축제가 열리는 모로코의 관광도시.

생님은 우리에게 몸조리가 끝나는 대로 돌아오마고 약속했다. 짜증나. 차라리 '일 년 후에도 당신들은 여전히 찢어지게 가난할 거고, 그래서 계속 내 도움이 필요할 거예요' 라고 말씀하시지. 새 사회복지사 선생님은 생뚱맞기 짝이 없다. 늘 안경 너머로 눈을 착 내리깔고 있다. 그것도 분홍색 뿔테에 병 바닥처럼 두꺼운 알이 박힌 커다란 안경 너머로. 또 목소리는 얼마나 무시무시한지. 무슨 말을 해도 '난 죽음의 여신이다! 나를 따르라! 이제 죽을 때가 되었으니!' 라고 말하는 것만 같다. 하지만, 그게 문제가 아니다. 안경이나 목소리 같은 게 나하고 무슨 상관이람. 문제는, 그 사람이 집에 찾아올 때면 엄마랑 내가 서류상의 번호로 변해버리는 것 같은 느낌이 든다는 거다. 꼭 로봇 같다. 사회복지사 로봇. 살갗을 긁어보면 틀림없이 나사로 조립된 알루미늄 층이 드러날 거다. 그리고 그 위엔 일련번호가 새겨져 있겠지. 난 선생님을 '사이보그 사회복지사' 라고 부르기로 했다.

이번 주엔 사라를 보러 갈 일이 없다. 릴라 씨가 휴가를 얻어서 딸내미와 함께 툴루즈에 있는 언니네로 놀러갔기 때문이다. 정든 사람들과 한동안 헤어져 있는 게 얼마나 힘든 일인지……

조라 이모랑 유세프 오빠가 생각난다. 그리고 기타 등등 다른 사람들도……

조라 이모한테서 연락이 왔는데, '미치광이 영감' 한테 다 털어놨단다. 그리고 흠씬 두들겨맞았다나. 아들이 감옥에 가게 된 것을 알게 된 그 '늙다리 미치광이'는 이모한테 마구 주먹질을 퍼붓더니, 갑자기 팔이 저리고 심장이 벌렁거린다며 이모한테 물 한 잔만 달라고 하더란다. 이모는 시키는 대로 물을 가져다주었고 그걸로 이야기는 끝났다는데……

이모는 날마다 기도한단다. 영감탱이가 하루라도 빨리 모로코로 돌아가게 해달라고. 불과 얼마 전까지만 해도 엄마는 영감탱이가 모로코에서 돌아오게 해달라고 기도했는데.

요즘 엄마는 딴생각을 훨씬 덜 하는 것 같다. 한결

좋아 보인다. 이젠 낱말도 몇 개 읽을 줄 안다. 자기 이름을 쓰면서 얼마나 자랑스러워하는지. 처음엔 아이들처럼 글자를 거꾸로 쓰기도 하더니 말이다. 요즘도 가끔 멍하니 생각에 잠겨 있을 때가 있지만(꺼진 텔레비전을 멍하니 바라보고 있다든지), 그건 아주 드문 일이다. 엄마는 활달해졌다. 하고 싶은 대로 한다. 예전에는 꿈도 꿀 수 없었던 일이다. 아빠랑 함께 살 땐 아무리 돈이 궁해도 밖에 나가서 일을 할 수 없었다. 아빠의 사고방식에 따르면 여자란 모름지기 집구석에 처박혀 있어야 하니까.

그건 그렇고, 어제 하무디 오빠한테서 희소식을 들었다. 드디어 오빠가 취직을 했단다. 『파리붐붐』지를 뒤적이고 있는데 우연히 구인광고 하나가 눈에 띄더라나. 음반 및 소프트웨어 대여 업체의 경비원 자리. 옳다구나 하고 연락을 했더니 바로 면접을 보자고 하더란다. 그래서 회사로 찾아갔고, 그 자리에서 바로 채용이 됐다는 얘기. 오빤 야간 경비라 좀 '개똥같긴' 하지만, 그래도 일다운 일을 하게 돼서 좋단다.

경비견 취급을 받는 건 아닌지 모르겠지만, 그런 건 상관없대나……

그 말을 듣고 보니 전원주택 단지의 몇몇 집 앞에 붙어 있는 경고 팻말이 떠오른다. 무시무시하게 생긴 도베르만의 사진 옆에 '맹견 주의!'라고 쓰여 있는 경고 팻말. 사실 집 안을 들여다보면 어린애와 파리만 봐도 기겁을 하는 애완견 '순둥이' 밖에 없는데.

오늘은 월요일. 그래서 뷔를로 선생님을 찾아갔는
데, 뭔가 예사롭지 않은 분위기가 감돌았다. 내가 진
료실에 들어서기 무섭게 선생님은 허둥지둥 밖으로
나갔다. 잠시만 기다리라면서. 꼭 방송 중간에 광고
가 끼어드는 것 같았다. 선생님은 한참이 지나서야
돌아왔다. 무려 이십 분이 지나서야…… 게다가 술
냄새까지 풀풀 풍기면서…… 하긴 그건 아무것도 아
니었다. 그후에 일어난 일들에 비하면…… 별로 할
말이 없어서 가만히 앉아 있는데, 여사가 자세를 바
꾸어 짧고 통통한 다리를 꼬더니 불쑥 하는 말. "재밌는 얘기 좀 해봐, 응?" 바로 그 순간, 선생님의 가터벨트가 눈에 들어왔다. 난 선생님의 얼굴과 가터벨트를 번갈아 보며 생각했다. 살다보니 별 우스운 일도다 있네. 이윽고 선생님은 엄마에 대해서 꼬치꼬치캐묻기 시작했다. 사귀는 사람은 있는지, 있다면 어떤 사람인지, 뭐 그런 것들을. 난 간단하게 대답했다. 엄만 아빠가 떠난 후로 아무하고도 사귄 적 없다고. 그러자 뷔를로 선생님은 엄마를 새 출발 시켜드릴 생각이 없느냐고 물어왔다. 생각은 무슨. 아주 깔끔하게 계획을 세워놨지요!

언젠가 텔레비전에서 독신 남녀들을 짝지어주는프로그램을 본 적이 있다. 그 방식이 특이했다. '스피드 데이팅'인지 뭔지 하는 건데, 잘은 몰라도 '스피드'라는 말이 들어갈 걸로 봐서 '신속한' 만남이란뜻일 것 같다. 왜냐, '스피드 버거'에서 주문을 하면단 이 분 만에 햄버거가 나오거든. 그것도 이슬람 율법에 맞추어 깨끗이 장만한 쇠고기로 정성껏 만든 햄

버거가. 그건 그렇고, 이 '스피드 데이팅'에서 상대를 파악하는 데 주어지는 시간은 단 칠 분이다. 생전 모르는 사람을 앞에 놓고 '외모가 마음에 안 드네요' 혹은 '아직도 어머니랑 살고 있다고요?' 등등 한마디만 하고 나면 그걸로 끝이다. 정말이지 그런 데 나가 있는 엄마의 모습은 도저히 상상이 안 된다. 과연 엄마가 다른 남자랑 새로운 삶을 시작할 수 있을까. 내가 왜 이런 이야기를 하느냐고? 엄마가 그랬으면 하니까. 정말이다.

누가 집으로 찾아와 청혼해주면 좋을 텐데. 문제는, 요즘 엄마가 집에 붙어 있는 시간이 거의 없다는 거다. 이번 달은 방학이라 사정이 다르지만. 대문에다 엄마가 집에 있는 시간을 써붙여놔야겠다(진료실 앞에 진료 시간을 붙여놓듯이). 신랑감 선정 기준과 함께.

**알코올 중독자, 노약자, 비겁자는 사절.**

근면성실하고 교양이 넘치고 유머가 풍부한 분,

매력적이고 치아가 고르고 우표 수집이 취미인 분,

토마토 통조림을 좋아하는 분께서는 언제든 연락 바람.

  그럼, 나도 안다. 선정 기준이 좀 까다롭다는 걸. 어쨌든 술꾼은 절대 안 된다. 이제 두 번 다시는 시내에 있는 술집 '콩스탕티누아' 앞에서 밤샘을 하고 싶지 않다. 밤새 술 퍼먹는 아빠를 기다렸다가 집으로 데려가긴 싫다고. 아빠 취하면 자기 집이 어딘지도 잊어버렸거든. 지금 생각해도 남세스럽다. 아빠 때문에 난 라마단 때도 시디 모하메드 마켓에서 맥주를 몇 상자씩 사와야 했으니까. 그것도 외상으로. 나중에 텅 빈 술병들을 빈 병 수거함에 내놓으러 내려갈 때 얼마나 창피하던지. 청소차가 와서 그 병들을 실어갈 땐 온 아파트단지가 떠들썩했다. 주민들은 그 소리를 듣고 '도리아 아버지'가 술을 몇 병이나 마셨는지 알아차렸다. 그렇게 많은 병을 재활용시켰으니 아빠 훈장을 받아 마땅하다. 잘하면 환경연합의 마스코트도 될 수 있을걸? 난 아빠를 바꾸고 싶다. 〈엄마는 왕〉에 나오는 토니 단자*로. 하지만 그 아저씬 이미 임자가 있지. 아무래도 안 되겠는데.

* 미국의 영화배우이자 토크쇼 진행자.

하무디 오빠는 새 일자릴 마음에 들어 했는데. 합법적인 게 좋다는 걸 슬슬 깨달아가던 참이었는데. 그런데…… 오빤 해고당했다. 창고에 쌓아둔 재고품이 없어졌다는 이유로. '시가 6천 유로에 상당하는 물품'을 훔쳤다는 혐의를 받은 것. 오빠는 자기가 그런 게 아니라고 했지만 아무도 오빠를 믿지 않았다. 친부모님조차. 하긴, 그분들이야 늘 오빠더러 '아무짝에도 쓸모없는 자식'이라고 말해오긴 했지만.

어쨌든 난, 이 도리아는, 오빠를 믿는다. "미치겠네. 난 결백해. 내가 뭘 어쨌다고 이러는 거지? 난 뼈

163

빠지게 일했어. 날마다 밤샘을 하면서 눈 한 번 붙인 적 없다고! 나한테 죄가 있다면 상판이 더럽게 생겼다는 거, 그거 하나뿐이야……" 오빠 제 얼굴을 손가락으로 가리키면서 씩씩거렸다. 두 눈을 부릅뜬 채. 난 아니라고 말해줄 엄두가 나지 않았다. 그랬다가 오빠가 왕자병이라도 걸리면 큰일이니까. 하무디 오빠는 흑갈색 고수머리에 거무스레한 피부를 지니고 있다. 부리부리한 두 눈은 밀크커피 색깔이고…… 오빠는 이런 것들 때문에 자기가 도둑놈이라는 누명을 쓰게 됐다고 믿고 있었다. 혹시 오빠 피해망상증 환자 아닐까? 어쨌거나 증거도 없이 사람을 도둑놈으로 몰아세우는 건 나쁜 짓이다. 그러면 안 되지.

인생은 정말이지 실망과 좌절의 연속이다. 아침에 장을 보고 돌아오는 길에 버스 안에서 일행으로 보이는 세 사람—여자 둘, 남자 하나—의 이야기를 듣게 되었다. 여자 둘은 쌍둥이 자매인지 생긴 모습이 똑같았다. 옷이며 머리 모양도. 심지어는 말투까지도.

남자는 키가 아주 작은데다 계속해서 입을 헤벌리
고 있었다. 그렇지만 — 할렐루야! — 말은 한마디도
하지 않았다. 여자들이 하는 말을 듣기만 할 뿐. 여자
들은 껌을 짝짝 씹으면서 말을 툭툭 뱉어냈다. 그리
고 그때마다 풍선을 퍽퍽 불어댔다.

"〈카멜레온〉 보냐?"

"당근이지. 죽여주잖아!" (퍽)

"매일 봐?" (퍽)

"그럼!"

"주인공 누군지 알아?"

"응, 새끈하던데!" (퍽)

"이름이 자로드래……" (퍽)

"이름 한번 죽이네! 생긴 것도 새끈하더니만!"

"그런데 걔, '호모' 란다?" (퍽)

"헉, 진짜?"

"진짜로 호모래." (퍽)

"헉, 어떻게 알았는데?" (퍽)

"내 동생이 그러던데? 인터넷에 떴대!"

"진짜 헉쓰다! 새끈한 진짜 호모가 인터넷에 뜨셨다고……?"(픽)

으악. 자로드는 안 돼. 제임스 딘이나 클로드 프랑수아나 마이클 잭슨이나 크리스티앙 모랭은 몰라도, 자로드는 안 돼. 내가 그 연속극을 왜 보는데. 재밌어서 보는 줄 알아? 내가 월요일에서 금요일까지 하루도 빠짐없이 저녁 여섯시 오십오분부터 오십 분 동안 텔레비전 앞에 죽치고 있는 이유가 뭔데? 그게 다 자로드 때문인데. 그인 정말 너무너무 잘생겼거든. 좋겠다, 다른 '호모'들은.

뷔를로 선생님이 늘 나한테 하는 말이 있다. 인생은 실망과 좌절의 연속이라고, 그러니 실망하고 좌절하는 데 익숙해져야 한다고. 그럼요, 지당하신 말씀이시죠. 하지만 꼭 그래야 한다는 법은 없잖아요?

이상하다. 계속 '왕재수' 나빌의 모습이 눈앞에 어른거린다. 아무리 생각해봐도 모르겠다. 녀석이 왜 나한테 그런 짓을 했는지. 도대체 왜, 뜬금없이, 제 두

꺼운 입술을 내 입술에 갖다댈 생각을 했는지. 게다가 녀석의 입은 거대했다. 녀석이 날 빨아들여서 제 몸속에 가둬버리지나 않을까 걱정스러울 정도로. 일단 녀석의 몸속에 들어갔다 나오면 난 전 세계에서 몰려든 기자들의 열띤 취재 경쟁에 시달리겠지. 그리고 『나빌의 뱃속으로 여행을』이라는 책을 써서 베스트셀러 작가가 되겠지.

　나빌은 언제쯤 돌아올까. 왜 이런 말을 하느냐고? 그냥, 궁금해서. 아, 그렇지. 훔쳐간 거, 되돌려달라고 해야지. 여드름투성이 주제에 사람을 이렇게 괴롭히다니.

엄마가 다음주까지 방학이라고 해서 둘이 함께 파
리 시내 관광에 나섰다. 우선 에펠탑. 엄만 장장 이십
년 동안 파리에서 엎어지면 코 닿을 데 살았으면서도
에펠탑 실물을 보기는 이번이 처음이란다. 해마다 1월
1일 낮 뉴스에서 보기는 했어도(눈부시게 빛나는 에
펠탑, 그 발치에서 먹고 마시고 춤추고 얼싸안는 사람
들 등등). 좌우지간 엄마는 엄청나게 감격스러워했다.

"높이가 우리 아파트 두세 배는 되겠는데? 안 그러
냐?"

난 그렇고말고요, 하고 대답했다. 물론 아파트의

층수를 두세 배로 늘려도 그걸 보겠다고 찾아오는 관광객은 없을 테지만. 우리 동네에도 고층 건물은 많다. 하지만 사진기를 둘러멘 '야쿠자'들이 그 발치를 어슬렁거리지는 않는다. '변두리 도시와 청소년 범죄' 같은 주제로 돼먹잖은 다큐멘터리나 만들어내는 '뻥쟁이' 기자들이라면 몰라도.

엄마는 몇 시간이나 에펠탑을 바라보고 또 바라보았다. 내가 보기엔 별론데. 어쨌든 대단해 보이긴 하지. 떡 버티고 선 게. 난 빨강과 연노랑으로 칠해져 있는(케첩＋마요네즈?) 승강기를 한번 타보고 싶었지만, 요금이 엄청나게 비쌌다. 게다가 독일인들이며 이탈리아인들이며 영국인들이며, 각양각색의 인종들 뒤에서 줄을 선 채 몇 시간을 기다려야 했다. 다들 '고소공포증'은 물론 '지출공포증'도 없는 모양이지? 우린 모형 에펠탑을 살 돈조차 없는데. 실물보다 모형이 더 별로긴 하지만, 하나 사다가 텔레비전 위에 올려놓으면 나름대로 '폼' 날 텐데 말이다. 기념품점에서 파는 물건들은 턱없이 비싸다. 생긴 건 개똥 같으면서. 한참 구경을 하고 있는데 어깨 위로 새똥이 툭 떨어졌다. 아무도 모르게 '귀스타브 에펠 (1932~1923)'이라 새겨진 모형 에펠탑 위에 어깨를 문질러봤지만, 새똥은 쩍 들러붙은 채 좀처럼 떨어지지 않았다. 돌아오는 교외선 열차 안에서 사람들은 전부 내 어깨만 쳐다보았다. 이런 개망신. 울화가 치밀었다. 빈티 나지 않는 외투는 이것 하나뿐인데. 다른 것들은 죄다 '코제트' 스타일이잖아. 장 발장에 나오는 코제트 말야. 에라, 모르겠다. 티가 나든 안 나든 내가 가난한 건 사실인걸. 나중에, 그러니까 가슴이 좀더 커지고 아는 게 좀더 많아지면, 한마디로 '어른'인지 뭔지가 되면, 구호단체에 가입해야지……

내 도움을 필요로 하는 사람들에게 기꺼이 손을 내밀 수 있다면 얼마나 기분이 끝내줄까……

건강만 괜찮다면, 오래도록 수혈이나 신장 이식을 받지 못해 발을 구르고 있는 환자들에게 내 피나 신장을 나눠줄 수도 있겠지. 어쨌든 난 양심의 가책을 느끼지 않기 위해서(즉 저녁에 편안한 마음으로 거울을 보며 화장을 지우기 위해서) 남을 돕지는 않을 거다.
정말로 돕고 싶어서 돕지.

릴라 씨와 사라가 툴루즈에서 돌아왔다. 나한테 줄
케이크를 사가지고. 툴루즈와 케이크라, 좀 생뚱맞긴
했지만 고마웠다. 릴라 씨는 툴루즈에서 지낸 이야기
를 하다가 어느 결엔가 자기 이야기를 꺼냈다. 파라
디 임대아파트 단지로 이사오기 전에는 어떻게 살았
는지, 사라의 아빠는 어떤 사람인지 등등……

릴라 씨는 알제리 출신이란다, 조라 이모처럼. 일
찌감치 부모님 곁을 떠났는데, 그건 소설―소녀시절
즐겨 읽었던 연애소설―의 주인공처럼 자기가 원하
는 삶을 살기 위해서였대나. 사라의 아빠랑은 아주
젊어서 만났고, 만나자마자 서로 한눈에 반해버렸단
다. 곧이어 두 사람은 영화 속의 주인공들처럼 여름
날 아름다운 가로수길을 걷고 또 걸으며 10미터마다
한 번씩 '사랑해'라고 속삭이게 되고……

문제는, 양쪽 집안에서 두 사람의 결혼을 맹렬히

반대했다는 것. 사라 아빠네는 대대로…… 몇 대째라더라? 한 18대째……? 브르타뉴에 뿌리를 내려온 사람들이었고, 릴라 씨네는 종교와 관습에 목숨 거는 전형적인 알제리 사람들이었으니까. 릴라 씨네 식구들이 먼저 결혼을 결사반대하고 나서자, 이어 사라 아빠네 식구들도 구릿빛 낯짝들은 딱 질색이라며 맞서더란다. 하지만 두 사람은 결혼을 밀어붙였다고. 이미 둘 사이의 관계가 조금씩 삐걱거리기 시작했는데도. 릴라 씨가 말하길, 지금 생각해보니 사랑보다는 반항심에서 일을 저지른 것 같단다. 결혼식은 릴라 씨에게 끔찍스런 기억으로 남아 있었다. 썰렁한 분위기. 텅 비어 있는 신부 쪽 하객석. 피로연 때 접시마다 넘쳐나던 돼지고기. 피로연은 시아버지가 준비한 것이었는데, 웨딩 케이크에 고기 조각이 붙어 있지 않은 게 신기할 정도였다고. 릴라 씨의 시아버지는 장난이랍시고 그렇게 남의 종교를 모욕해놓고는 숨이 넘어가게 껄껄대는 사람이었단다. 가족들이 함께 모여 식사를 할 때마다—릴라 씨가 초대받았을 때의 얘기겠지만 — '무신론자적인' 유치한 농담을 꺼내지 않고는 못 배기더라나. 그러잖아도 며느리는 안절부절못하고 있는 판인데……

그러던 어느 날부턴가 릴라 씨는 결혼생활이 지긋 지긋해지기 시작하더란다. 툭하면 살라미 소시지를 들이미는 시아버지도, 백수라고 아예 간판을 내걸고 하루 종일 텔레비전 앞에 죽치고 앉아 맥주('1664'인 지 뭔지 17세기의 어느 해가 상표로 붙어 있는)를 홀 짝이며 재방송이나 흘끔거리는 남편도. 얼마 안 가 릴라 씨는 남편에게 헤어지자는 얘기를 꺼냈는데, 막 상 이혼하기가 여간 어렵지 않더란다. 지금은 혼자 딸내미를 키우며 살고 있지만 언젠가는 진짜 '천생연 분'을 만나고 싶대나. 언젠가 비슷한 이야기를 여성 지에서 읽은 것 같기도 하다. 아마 병원 대기실에 굴 러다니고 있던 잡지였지? 좌우지간, 한 가지 새로운 사실을 발견했다. 릴라 씨의 겉모습은 『팜 악튀엘』 지 기사나 오려모으는 슈퍼마켓 점원에 불과하지만, 그 속엔 꿈 많은 소녀가 숨어 있다는 것을.

그러고 보면 여성지에 나오는 '천생연분'에 대한 이야기가 거짓말은 아닌 것 같다. 그 세 쪽짜리 기사를 보면 '당신에게 어울리는 남자, 당신에게 꼭 필요한 남자는 멀리 있지 않다. 다만 당신이 그것을 깨닫지 못할 뿐이다'라고 쓰여 있다. 뒤이은 시몬(41세)의 경험담. 시몬은 옆집에 누가 사는지도 몰랐는데, 알고 보니 옆집 남자 레몽은 이사온 그날부터 시몬을 짝사랑해왔더란다. 처음에 시몬은 레몽을 거들떠보지도 않았지만, 지금은 그와 결혼해서 아들딸 낳고 잘 살고 있다는 얘기. 바로 그거다. 행복한 결혼생활이란 건. 그저 평범하게 살아가는 것. 만화 주인공인 '비도슝 부부'*처럼.

어쩌면 내 '천생연분' ─ 처음엔 거들떠보지도 않았지만 나중엔 아들딸까지 함께 기르게 될 남자 ─ 은 나빌인지도 몰라…… 나도 예전엔 나빌을 완전히 무

---

* 프랑스의 유명 만화가 비네의 연작 만화의 주인공. 부부간의 자질구레한 일상사를 따뜻하고 익살맞게 그렸다.

시했거든. 그 자식은 한 점 얼룩에 불과하다느니 어쩌느니 하면서. 그런데 알고 보니 자식이 아무 대가도 안 받고 한 학기 내내 숙제를 도와줬더라고. 게다가 얼마나 용감해. 감히 나한테 기습 키스를 하다니. 잘못하면 '예민한 곳'을 걷어차일 수도 있는데 말야. 뷔를로 선생님한테 물어봐도 나빌한테 한번 기회를 줘보라고 할걸? 따지고 보면 나빌 그 녀석, 그렇게까지 '왕재수'는 아닐지도 몰라. 착하잖아. 평생 여드름을 달고 살 것도 아니고.

방학이 끝나면 나빌에게 내 진심을 이야기해줘야지. 이젠 나도 세상을 상대로 '자폐아'처럼 행동하지 않을 거야. 어쩌면 말할 필요조차 없을지도 몰라. 애정영화를 보면 그렇잖아. 주인공들끼린 아무 말도 안해. 마음이 통하니까. 나빌하고 나도 그랬으면 좋겠어. 좌우지간 그렇게 돼야 할 텐데……


엄마한텐 아직 아무 말도 안 했다. 하지만 엄마도 틀림없이 나빌을 좋아하게 될 거다. 나빌은 야심만만

한 남자니까. 〈빅딜〉이란 텔레비전 프로그램에 출연해서 자동차를 상품으로 받는 게 소원이라나. 참 대단한 것 같다. 왜냐, 난 그런 식으로 미래를 꿈꿔본 적이 없거든. 나도 '보안관' 아저씨처럼 살아야겠다. 몇 년째 아저씬 3연승식 경마에 매달리고 있다. 그리고 번번이 실패한다. 그래도 아저씬 계속한다. 결과는 아무래도 상관없다는 듯이. 아마 그게 삶에 대한 해결책인지도 모른다. 조금이나마 희망을 간직할 것. 그리고 실패를 두려워하지 말 것.

온 동네에 삼라 언니에 대한 소문이 파다했다. 삼라 언니가 누구냐고? 집 안에서 감옥살이 아닌 감옥살이를 하던 언니, 아버지와 오빠의 횡포에 시달리다 못해 결국 도망친 바로 그 언니 말이다. 그 삼라 언니를 며칠 전에 봤다는 사람이 있다. 가까운 데서 봤는지, 먼 데서 봤는지 그건 잘 모르겠지만. 어쨌든 소문에 의하면 그 언닌 남자 때문에 집을 나간 거라고 했다(암, 그럴 줄 알았어). 좋아 보이더란다. 그 남자랑은 작년 12월에 '라 그랑드 레크레'*에서 만났대나. 언닌 거기서 크리스마스 선물을 포장하는 아르바이트를 하고 있었단다. 솜씨가 있으니 선물 포장을 맡았을 테고, 그점이 같이 일하던 아르바이트생의 마음을 사로잡았겠지. 다들 그러는데, 그 남잔 '투바브'란다. 즉 흰둥이, 카망베르 치즈 색, 아스피린 색 인종이란 얘기지…… 삼라 언니의 오빠—머릿속엔 뇌 대신 권투장갑이 들어 있을걸?—는 그 '흰둥이 놈'의 목을 따놓겠다며 잔뜩 벼르고 있다고. 그 남자가 지은 죄라곤 삼라 언니를 조금이나마 사랑해준 것뿐인데. 둘 다 멀리 멀리 이사를 가버렸으면 좋겠다. 그러면 속 편하게 살 수 있을 테니까. 남들 다 하는 일을 한 죄로 도망자들처럼 숨어 살아야 하다니. 가끔은 이런 생각이 들기도 한다. 모든 걸 전쟁 치르듯 해야 하는 사람들이 있는 모양이라고. 심지어는 사랑하는 것조차.

어쨌든 지금 삼라 언니는 사랑하는 남자랑 잘 살고 있다. 감옥이나 다름없던 그 잘난 집구석에서 도망쳐

---

* 레고, 바비인형, 비디오게임 등을 파는 장난감 전문매장.

나와서. 나름대로 자유를 누리고 있다고나 할까. 그
것도 두고 볼 일이지만…… 그러니까 그 남자가 언
니를 버리지 않는 한. 남자가 언니의 짐을 집 밖으로
내동댕이치며 '보기 싫으니까 꺼져!' 하고 꽥 소리를
질러버리면, 그러면 언닌 나가는 수밖에 없겠지. 한
번 대들어보지도 못하고. 체념한 채, 바보처럼……
그다음부터 언닌 삼류 여인숙을 전전하겠지. 세탁소
에서 다림질을 해주고 번 돈으로 간신히 입에 풀칠이
나 하면서. 그리고 더는 아무것도 믿지 않겠지, 남자
도 사랑도.

 사랑니가 나고 있다. 아이고, 아파라. 치과에 가는
수밖에. 우리 동네 치과의사는 아틀랑 선생님. 겁나
는 아줌마다. 싹싹하긴 한데, 이 뽑는 기술을 전쟁터
에서 배운 것 같다. 걸프 전 때 배웠는지 오스만 족 침
입 때 배웠는지. 어쨌든 여자치곤 참 무지막지하다.
한번은 내 턱을 통째로 뽑을 뻔했으니까. 난 버둥대
며 소리를 지르려 했다. 그러자 선생님은 침착하게

말했다. 하던 일을 계속하면서.

"이야, 여자치곤 정말 용감한데! 자자, 조금만 더
참아봐!"

그래도 내가 괴로워하자, 선생님은 아예 딴소리를
했다.

"고기 완자가 들어간 쿠스쿠스 좋아해?"

사춘기 때 선생님은 진로를 놓고 꽤나 고민했을 거
다. 프로레슬러가 될까, 기동타격대가 될까, 치과의
사가 될까. 고민하던 끝에 결국 폭력성과 변태성을
두루 갖춘 치과의사가 되기로 했겠지. 그런 '정신질
환자' 한테는 그게 가장 재밌어 보였을 테니까.

내 나이 때 아틀랑 선생님은 우울증 증세에다 살짝
마조히스트적인 기질까지 있었을 것 같다. 옷은 '액
션맨' 처럼 입고 자장가 대신 하드록을 들으며 간식으
로는 블랙커피를 홀짝홀짝 마셔댔겠지. 그러던 어느
날, 슈퍼에서 쌀을 사다 오렌지색 쌀 상자 위에 그려
져 있는 미국 흑인한테 반했을 테고. 그 흑인의 이름
은 엉클, 이름은 벤스. 이 벤스 씨는 옛날 옛적부터 쌀 상자 위에서 웃고 있었으니 지금쯤은 영감님이 되었을 거다. 어쩌면 이미 돌아가셨는지도 모르지. 다들 그 사실을 모르고 있을 뿐. 혹시 쌀 회사에서 그 사실을 계획적으로 숨기고 있는 건 아닐까? 수천수만 명의 소비자들을 실망시키지 않기 위해서? 영감님은 아무도 모르게 쓸쓸히 돌아가셨을 거다. 벼가 무성한 논 한가운데서. 그러고 보니 '킨더 초콜릿'* 포장지 위에 그려져 있는 꼬마가 생각난다. 지금쯤 그 꼬마는 서른 살도 훨씬 넘었을 거다. 아마 라벤더 향 탈취제를 만드는 회사에서 간부사원으로 일하고 있을걸? 가슴이 빵빵한 금발 미인과 결혼했을 테고. 미국의 호화 주택가에서 살고 있겠지. 수영장과 지프차는 필수고 보너스로 순한 개 한 마리, 거기다 '워커'라는 이름이 새겨진 개집까지 딸린 호화주택에서.

사랑니를 왜 사랑니라 부르는지 모르겠다…… 사

---

* 유명 초콜릿 회사 '페레로'에서 어린이들을 위해 만든 초콜릿.

랑니가 자라면 사랑을 하게 된다는 걸까? 사랑이라
는 게 참 아프다는 건 알겠다.

놀라운 소식 하나. 그 소식을 내게 전해준 건 사라였다. 여섯 살배기 꼬마가 하는 말이라서 믿었지 그렇지 않다면 절대 믿지 않았을 거다. 잡지를 뒤적이고 있는데, 갑자기 사라가 내 앞에 딱 버티고 섰다. 그리고 날 빤히 쳐다보았다. '언니가 모르고 있는 걸 난 알고 있지롱……', 이런 표정으로.

"있잖아, 엄마랑 이빨이 엉망진창인 아저씨랑 사귄다."

릴라 씨랑 하무디 오빠가! 숨이 콱 막혀왔다. 어쩜 둘 다 나한테 그럴 수 있지? 이러다가 '바비' 같은 여

자와 '켄' 같은 남자가 진행하는 시사 프로그램에 소
개되는 건 아닌가 하는 생각이 들었다.

우선 자료 화면과 함께 내레이션.

여기 삶에 지친 열일곱 살 소녀가 있습니다. 삶은
실망과 좌절의 연속일 뿐이라고 말하는 소녀가. 날
때부터 소녀는 부모님께 엄청난 실망을 안겨주었
습니다. 소녀의 아버지는 몸무게 3.5킬로그램에 키
는 51센티미터, 그리고 보통 크기의 '고추'를 지닌
사내아이가 태어나기를 기다리고 있었으니까요.
어쩌면 그건 자신의 정력을 과시하기 위해서였는
지도 모릅니다⋯⋯

하지만 안타깝게도 아내의 몸에서 나온 아기는
'여자아이'였습니다. 그때부터 소녀는 생각하고
있었는지도 모릅니다. '난 뭐 하러 세상에 태어났
을까⋯⋯'

이윽고 화면 위에는 내 모습이 뜬다. 모자이크 처

리. 그리고 음성 변조. 나는 카메라를 향해 돌아서서
열변을 토하겠지.

어쨌든 말이죠, 더 살아서 뭐 하나요? 가슴도 빈
약하고, 좋아하는 배우는 '호모'고, 세상은 전쟁과
불평등에 시달리고 있는데. 엎친 데 덮친 격이라더
니, 하무디 오빠가 릴라 씨랑 그렇고 그런 사이면
서 나한테 아무 말도 안 했지 뭐예요! 에이…… 정
말이지 산다는 건 개똥 같아요……

내레이션이 그 뒤를 잇는다. 엄청나게 슬픈 배경
음악.

소녀의 말이 백번 옳습니다. 정말이지 산다는 건
개똥 같아요. 나도 이 지긋지긋한 성우 노릇, 당장
때려치우고 싶어요. 누가 날 알아줍니까. 거리를
걸어가도 사인해달라고 덤비는 사람 하나 없는데.
유명해지긴 글렀죠, 이 바보 같은 일만 계속하다

간. 협회라도 하나 만들까요? '이름 없는 목소리
들'이라고. 방송이 끝나면 화면에 내 이름이 뜨죠.
하지만 그걸 누가 거들떠보기나 합니까. 지겨워요.
진절머리가 난다고요……

　이참에 광고나 해야겠어요. 차를 팔려고 하니 관
심 있으신 분은 연락주시기 바랍니다. 차종은 트윙
고, 초록색에 상태 좋습니다. 새 거나 마찬가지죠.
산 지 칠 년밖에 안 됐으니까……


　하필이면 사라한테서 그 이야길 전해듣다니……
정말 어떻게 된 거야? 왜 하무디 오빠 나한테 아무 말
도 안 했을까? 날 어린애로 보는 모양이지? 아직 그
런 것도 이해 못 할 거라고? 천만에. 난 더 복잡한 것
도 많이 알아. 집에서 온갖 서류를 처리하는 게 누군
데. 아빠가 있을 때도 그랬어. 물론 진저리나는 일이
긴 하지. 특히 세금고지서만 보면 머리가 지끈거린다
니까. 한번은 아빠한테 물어봤지. 내가 읽고 쓰는 법
을 배우기 전엔 어떻게 했느냐고. 아빠 내가 자기한

테 대든다고 생각했나봐. 말이 끝나기 무섭게 때리기 시작했으니까. 그것도 그냥 좀 때리고 마는 게 아니라 마구 두들겨팼지. 그것도 하루 종일. 하지만 난 울지 않았어. 아빠 앞에서 울고 싶지 않았거든. 아빠는 오빠네 아버지랑 똑같은 생각을 하고 있었으니까. 암컷들이란 모름지기 약해빠진 존재들, 징징 짜고 설거지나 하라고 만들어진 존재들이다 등등.

다행이다. 모든 아버지가 다 그런 건 아니니까. 나빌의 아버지는 참 다정하다. 나빌한테 손찌검 한 번 한 적이 없을 뿐만 아니라, 틈만 나면 나빌하고 이야기를 주고받는다. 날씨가 좋을 때면 나빌의 손을 잡고 산책을 하기도 하고. 그러고 보면 나빌 그 자식, 운도 좋다. 교양이 넘치는 부모님을 가졌으니까. 나빌의 부모님은 글을 읽고 쓸 줄 알 뿐만 아니라, 나빌의 열다섯번째 생일에 롤러스케이트까지 선물했다. 내가 꿈에라도 갖고 싶었던 롤러스케이트를. 난 그 망할 놈의 롤러스케이트를 카탈로그에서 오려낸 사진으로 구경할 수밖에 없었는데.

하무디 오빠 정말 아무것도 모른다니까. 난 이제
어린애가 아닌데.

뷔를로 선생님의 말씀이 옳았다. 세월이 흐르면 모든 게 변하게 마련이라더니. 가끔 난 선생님이 직업을 바꾸면 어떨까 하는 생각이 든다. '살아 있는 속담사전'으로. 선생님은 늘 엄마에 대해서 그렇게 얘기했다. 아니나 다를까, 이제 엄마는 새 일자리를 구했다. 나한테 그 소식을 전하면서 엄마가 얼마나 기뻐하던지. 그렇게 기뻐하는 건 정말 오랜만이었다. 이제부터 엄만 급식사로 일한다. 장 물랭 초등학교에서 분홍색 작업복 위에 '야스미나'란 이름이 새겨진 명찰을 달고.

엄만 다 좋은데 딱 한 가지 마음에 걸리는 게 있다고 했다. 매주 화요일마다 돼지고기 요리를 나눠줘야 하는데, 나중에 그것 땜에 지옥에 떨어질 거란다. 어느 날 엄마는 내게 '비밀'을 털어놓았다. '거시기 고기', 정말 맛있어 보인대나…… 난 깔깔 웃었다. 하지만 엄만 감히 그런 불경스런 생각을 했다는 것, 그리고 그걸 나한테 털어놨다는 것 때문에 죽도록 괴로운 것 같았다.

문맹퇴치학교에서 무슨 일이 있었는지 몰라도 엄만 사람이 확 달라졌다. 예전보다 훨씬 밝고 명랑해진 것(언젠가 『파리 마치』 기자가 셀린 디옹에 대해 그런 얘기를 한 적이 있지. 아기를 낳더니 사람이 싹 바뀌었다고). 이제 엄마는 글도 읽을 줄 안다. 아직 왕초보 수준이긴 하지만, 한 단어씩 제법 정확하게 읽는다. 길을 가다가도 광고판이나 간판이 눈에 띄면 멈춰 서서 읽는다고 야단이다. 요전엔 신문까지 샀다. 물론 사진과 만화로 도배가 된 샤를리에브도 지였지만, 그래도 그게 어디야⋯⋯ 사이보그 사회복지사한테서 칭찬을 들을 정도인데.

그러고 보니, 사이보그 선생님이 며칠 전 우리 집에 불쑥 들이닥쳤던 게 생각난다. 오는 날도 아닌데. 선생님은 우선 엄마한테 급식 일이 어떠냐고 꼬치꼬치 캐묻더니, 곧이어 나를 상대로 질문공세를 펼쳤다. 앞으로 어떻게 할 거냐고, 정말로 미용사 자격증을 딸 생각이 있느냐고. 이 사이보그, 내가 도대체 어떻게 대답하길 바라는 거야? 사람들 머리통이나 주물럭거리고 있는 게 제일 좋다고 대답해줄까? 이런 XXX(자기검열)! 나한테 선택의 여지가 없다는 것도 모르나보지. 서류철에 우리 집 형편이 구구절절 묘사돼 있을 텐데, 형광펜으로 줄 좀 좍좍 그어놓고 외우지 그래. 그 '바보' 사이보그는 갑자기 무슨 대단한 발견이라도 한 듯 나를 빤히 쳐다보면서 이렇게 말했다.

"스스로 선택하지 않고 남들의 결정에 따르는 건 너무 쉽게 살려고 하는 거 아닐까?"

이런. 난 할리우드식 연기를 펼치기로 했다. 우선

사이보그의 두 눈을 똑바로 들여다보았다. 그리고 처량한 목소리로 되물었다. 눈가에 눈물이 살짝 맺힌 채.

"정말 그렇게 생각하세요?"

KO당한 사이보그! 할 말이 없어진 우리의 사회복지사께서는 엄마와 이라크 전에 대해 이야기하기 시작했다.

"무슨 일이 생기면 고생하는 건 항상 여자들과 애들이라니까요! 게다가 전쟁이라니, 얼마나 끔찍해요! 음…… 좋아요. 이번 달엔 집세를 제때 내셨다던데?"

그사이 난 우아하게 부엌으로 달려갔다. 사이보그가 부엌을 검사하러 오기 전에 때가 덕지덕지 낀 가스레인지를 잘 닦아놓으려고.


난 아무래도 그쪽에서 일해야겠다. 영화계에서. '폼' 나잖아. 돈이며 명예며…… 칸 영화제에 참석, 황후 '시시'*처럼 차려입고 우아한 포즈로 플래쉬 세

례를 받는 내 모습이 눈에 선하다. 환호하는 군중을 향해 한들한들 손을 흔드는 내 모습도. 암, 다들 니콜 키드먼이나 줄리아 로버츠가 아니라 바로 나를, 이 도리아를 보기 위해 칸에 몰려들 테니…… 엄마는 방송국 기자들과 인터뷰를 하며 감격에 겨워 울먹이겠지. "난 옛날 옛적부터 내 딸이 칸의 '빨강 계단'을 올라가길 꿈꿔왔다우. 잘됐어, 잘됐고말고. 정말 고마워요……" 엄마, '빨강 계단'이 뭐야. '레드 카펫'이지…… 난 '빨강 계단'인지 '레드 카펫'인지를 오르면서 은근히 바랄 거야. 영화제가 모로코에도 생중계되길, 그래서 아빠인지 얼간이인지 하는 인간도 그걸 보게 되길. 아빠 떠난 걸 후회하며 입술을 잘근잘근 깨물걸? '촌년' 도리아가 일약 스타가 됐으니. 이윽고 시상식이 시작되면 엄마와 하무디 오빠와 임신한 릴라 씨와 사라와 뷔를로 선생님이 앞줄에 앉아 지켜보는 가운데 로버트 드니로가 나한테 여우주연상

* 합스부르크 가의 마지막 황후 엘리자베스의 애칭. 이 시시 황후를 주인공으로 3부작 영화가 만들어지기도 했다.

을 수여하겠지. 그 바람둥이는 나한테 축하의 입맞춤을 하는 척하면서 제 휴대전화 번호를 내 가슴팍에 슬쩍 찔러넣을걸? 전원 기립박수. 환한 미소로 답하는 여배우 도리아. 관중의 환호. 준비성 있는 난 기막힌 감사 인사를 작성한 다음 그걸 철두철미하게 외워왔을 거야. 편안하고 자연스러워 보이도록, 그러니까 뭐냐, 도리아다워 보이도록.

"⋯⋯끝으로 이곳 칸까지 오는 여행경비를 마련해주신 가족수당기금 센 생 드니 지사에 감사드립니다⋯⋯ 나를 사랑해주시는 팬 여러분, 정말 너무너무 감사해요!"

자, 이쯤에서 상상의 날개를 접어야겠다. 헛꿈 꾸느니 이 망할 놈의 때투성이 가스레인지나 더 빡빡 문지르는 게 나으니까. 불쑥불쑥 들이닥치는 사회복지사들, 정말 지긋지긋하다니까.


친애하는 사이보그 사회복지사께서는 친절하옵게도 부엌을 잠깐 둘러보신 다음 우리 집을 떠나셨다.

우린 그걸로 끝인 줄 알았다. 컷! 오늘 하루 끝! 다들 무대 위에서 철수! 그러나 그게 아니었다. 십오 분 후 사이보그가 숨을 헐떡거리며 되돌아온 것이다. 계단을 우당탕탕 뛰어올라왔으니 숨이 찰 수밖에(마침 승강기가 고장나 있었다). 사이보그의 얼굴은 파랗게 질려 있었다. 입구에 세워둔 '오펠 벡트라'*를 누가 후려갔단다. 그래서 택시를 부르려고 올라왔대나. 눈이 휘둥그레진 엄마의 대답. "미안해서 어쩌나. 벌써 두 달인가 석 달 전에 전화가 끊어졌는데요……" XXX(역시 자기검열!) 같은 사회복지사는 귀신이라도 본 듯한 표정이 되었다. "서류에 표시가 안 되어 있었는데……"

---

* 독일산 준중형 자동차 이름.

어제 저녁에 하무디 오빠를 만났다. 오빠 릴라 씨와 사귀게 된 사연을 털어놓았다. 오빠를 만나기 전엔 지금껏 아무 말도 하지 않은 것에 대해 진지하고도 어른스럽게 따지리라 벼르고 있었는데…… 그랬는데, 막상 만나고 보니 입이 떨어지지 않았다. 오빠 사랑의 단꿈에 푹 빠져 있었다. 난 그 꿈을 깨뜨리고 싶지 않았다. 오빤 두 시간 내내 릴라 씨 이야기만 했다. 릴라 씨가 오빠의 마음을 독차지해버렸다. 랭보를 제치고. 시인은 가! 자자, 빨리 꺼지라고…… 오빠는 주말쯤 마약 밀매 대금을 가지고 릴라 씨와 멋진 데이트를 할 기대에 한껏 부풀어 있었다.

이윽고 오빠는 운명이니 뭐니 하는 얘기를 끄집어냈다. 누가 하무디 오빠 아니랄까봐. 하긴, 이 세상에 운명과 상관없는 건 없지. 좋은 것이든 나쁜 것이든. 그런데 난 요즘 운명이 날 별로 좋아하지 않는다는 걸 깨달았다. 뷔를로 선생님 말마따나 인생은 정말이지 실망과 좌절의 연속이다. 선생님은 눈치가 빠른 게 아니라 거의 귀신같다. 족집게라니까. 방학을 앞두고 그런 얘기를 했는데, 사실 여름 한 철 내내 내가 얼마나 속을 끓였는지.

별로 할 일도 없었기에 난 나빌이 돌아올 때를 대비해서 마음의 준비를 하고 있었다. '기대하시라, 나빌의 귀환!' 뭐 이런 식으로. 음, 그랬다. 난 나빌이 돌아오길 학수고대하고 있었다. 나빌, '왕재수' 나빌 그 자식이 돌아오기를.

난 결심해놓고 있었다. 녀석이 돌아오는 대로 녀석에게 내 마음속을 헤집고 다니는 생뚱맞은 감정에 대해 털어놓으리라고. 한마디로 난 만반의 준비를 갖추고 있었는데…… 그런데 녀석은, 그 여드름투성이 머저리 등신은 방학이 끝나자 시커멓게 그을린 얼굴로 '짠' 하고 나타나더니 나를 영 모르는 척하는 게 아닌가. 그랬다. 제르바*에서 돌아온 후로 녀석은 날 거들떠보려고도 하지 않았다. 인사도 없이 내 앞을 지나치기 일쑤였다. 게다가 이젠 한쪽 귀에 귀고리까지하고 있었다. 턱엔 수염이 거뭇한데다. 이제 좀 컸다이거지? '폼' 좀 잡아보시겠다? 좋아.

그러고 보니, 영화 〈그리스〉가 생각난다. 올리비아뉴튼 존과 존 트라볼타가 주연을 맡았지. 때는 바야흐로 여름. 올리비아와 트라브는 '키프키프' 중이다. 즉 '사랑에 겨워 미칠 지경'이다. 바닷가 모래톱에서 '나 잡아봐라' 연출하기, 한목소리로 유행가 흥얼거리기, 바위틈에서 달콤한 키스 나누기…… 방학이끝나고 나서도 올리비아는 여전히 '키프키프' 중이지만, 트라브는 친구들 앞에서 '폼'을 잡느라고 올리

---

* 튀니지의 관광도시.

비아를 거들떠보지도 않는다. 완전히 나 몰라라다. 그러자 촌스럽게도 머리를 얌전히 올려 묶고 분홍색 원피스를 차려입은 바보 올리비아는 엉엉 울음을 터뜨린다. 연약한 암컷 같으니. 하지만 진짜 멍청이는 트라브다. 꼭 끼는 가죽바지하며 치켜세운 머리꼴하며. 월요일에 난 뷔를로 선생님한테 털어놓았다. 나빌이 날 거들떠보지도 않는다고. 그러자 선생님은 기운을 북돋우는 얘기를 해주었다. 일부러 그런 건 아니었겠지만……

"어쩌면 나빌은 남자를 더 좋아하는지도 몰라. 그런 생각은 안 해봤어?"

아하, 그렇단 말이지…… 자로드처럼. 그렇군. 그런 어머니 밑에서 자랐는데, 어떻게 '호모'가 안 되고 배기겠어, 응? 어쩌면 녀석은 데이브*의 열렬한 팬에다 착 달라붙는 속옷을 입고 다니는지도 몰라.

쳇, 말도 안 돼. 뷔를로 선생님이 나빌이 호모인지

---

* 네덜란드 출신의 프랑스 유명 가수. 남자로서 30여 년 넘게 한 남자만을 사랑해온 것으로도 유명하다.

아닌지 어떻게 알아. 난 좀 실망했을 뿐이야. 나빌이
날 아주 좋아하는 줄 알았거든. 그뿐이라고……

우리 동네 최고의 수다쟁이 라시다 아줌마가 어젯밤에 우리 집을 찾아왔다. 30유로와 일 주일치 먹을거리를 들고. 가끔 이웃사람들이 우리한테 돈이며 먹을거리를 가져다준다. 얼마나 고마운 일인지. 라시다 아줌마는 이렇게 우리를 챙겨줄 뿐 아니라 '우리 단지 소식'을 〈연예가 소식〉처럼 흥미진진하게 엮어서 들려주기 때문에 더 좋다. 갓 나온 따끈따끈한 소식, 그중에서도 특히 '바삭바삭한' 소식을 전할 때면 아줌만 첫아들을 낳은 여자처럼 뿌듯해한다.

아줌마의 입에서 다시 삼라 언니 이야기가 나왔다.

우리 아파트 12층에서 '옥살이'를 하다가 탈출해서 남자를 만난 삼라 언니, 그 언니가 결혼했단다.

언니의 아버지, 즉 전직 폭군(지금은 딸이 없어서 폭군 행세를 못하니까)은 어느 날 아침 신문을 펼치다가 '결혼을 알립니다'란과 맞닥뜨렸다고 한다. 거기에 언니의 성과 이름이 '흰둥이' 놈의 성과 이름 옆에 나란히 올라 있는 걸 보게 된 것. 전직 폭군 영감은 그 자리에서 쓰러져 반신불수가 되었대나. 성(姓)이 '더럽혀진' 것에 충격을 받았겠지. 자기와 자기 아버지와 자기 할아버지와 기타 등등 사나이에서 사나이로 대물림해왔던 성이. 가문에 위기가 닥쳤다고 느꼈을라나……

아마 나중에 '탄생을 축하합니다'란과 맞닥뜨리기라도 하면 전신마비가 되고 말 거다. 가문이니 뭐니 하는 것에 대한 집착을 버린다면 영감님도 딸의 행복이 세상 그 무엇보다도 중요하다는 걸 알게 될 텐데(미국 드라마를 너무 많이 본 거 아니냐고? 어쨌든 사실이잖아).

좌우지간 이런저런 이야기를 듣고 나서부터 난 우연이니 뭐니 하는 건 존재하지 않는다고 생각하게 됐다.

우연이 어디 있나. 세상사엔 다 이유가 있다. 심지어 〈보야르 원정대〉*에 나오는 난쟁이 문지기의 실제 직업이 지하철 역무원이고 원래 이름이 앙드레 부셰인 것조차. 누구든 눈앞이 캄캄해질걸? 지하철역 개찰구 밑으로 슬쩍 빠져나오려다 역무원의 고함소리를 듣고 사방을 두리번거렸지만 아무도 보이지 않아서 안심했는데 무심코 아래를 내려다본 순간, '난쟁이 문지기'가 떡 버티고 있을 때, 그래서 걸음아 날 살려라 하고 줄행랑을 치는데도 '난쟁이'가 악착같이 쫓아올 때(보야르 원정대의 그 난쟁이, 정말 쏜살같다). 어쩌면 오락 프로그램에 나오는 사람들 모두

---

* 1990년부터 프랑스 국영방송 France2에서 인기리에 방영되고 있는 오락 프로그램. 해상 요새 보야르 성에서 6명의 도전자들이 보물의 방 열쇠와 황금을 놓고 겨루는 게임들로 구성되어 있다. 한국에도 소개된 바 있다.

가 실제로는 공무원일지도 모른다. 누가 알아? 어쨌든 전화가 끊기듯 텔레비전이 끊기면 참 심란할 것 같다. 내 낙이라곤 오로지 텔레비전 보는 것뿐인데……
지리 담당 베르베르 선생님이 작년에 중세시대를 설명하면서 했던 말이 생각난다. 성당의 스테인드글라스는 가난한 이들을 위한 성경, 즉 읽고 쓰지 못하는 이들을 위한 그림 성경이었단다. 요즘은 텔레비전이 그 역할을 대신해주고 있나보다.

내가 텔레비전을 보고 있는 동안, 엄마는 앙리코 마샤스의 노래를 들으며 뜨개질을 한다. 참 그렇지. 깜빡 잊어버리고 말 안 했는데, 엄마가 다시 뜨개질을 시작했다. 아빠가 떠나자 뜨개질을 접더니만. 요즘은 '제킬린' 할머니—이건 엄마의 발음을 흉내낸 거고 사실은 엄마의 담임선생님이자 친구인 자클린 할머니—랑 함께 집에서 뜨개질하는 게 낙인가보다. 자클린 할머닌 지금은 머리칼이 희끗희끗하지만 예전엔 금발이었단다. 물론 할머니 당신의 말이다. 그리고 할머닌 한가할 땐 약용식물 '대황'으로 잼을 만드는 게 취미란다. 이웃들이 모두 축구광이라 밤에 축구경기 중계가 있을 때면 잠을 설치기 일쑤고. 자클린 할머닌 참 싹싹하다. 요전에 엄마가 할머니랑 이러저런 이야기를 하던 끝에 지나가는 말로 식탁보가 하나 필요하다고 했는데, 아니나 다를까 할머닌 그 말을 잊지 않고 기억해두었다가 다음주에 식탁보를 들고 나타났다. 뭐, 지독하게 촌스런 식탁보긴 했지만. 사슴사냥 장면이 그려진 식탁보라니…… 그래도 얼마나 고맙던지.

게다가 자클린 할머닌 호기심도 왕성하다. 그래서 종종 엄마한테 이것저것 물어본다. 이슬람교며 모로코의 전통문화며 기타 등등에 대해서…… "텔레비전에서 하는 얘기가 사실인지 알고 싶어서 말이우……"

그리고 할머닌 곧잘 성경에 나오는 이야기도 들려준다. 요전엔 욥에 대한 이야기가 나왔다. 할머니의 이야기를 듣고 있자니, 욥을 좁이라고 잘못 읽었다가 국어 선생님한테 혼났던 일이 생각났다. 나는 영어식으로 발음한 것뿐인데, 자크 선생님은 나 같은 애들 때문에 '우리말이 더럽혀지고' 있다며 미친 사람처럼 길길이 날뛰었다. "이런 애들 때문에~ 우리의 찬란한 문화유산이~ 혼수상태에 빠져 있다니까~!" 나더러 뭘 어쩌라고. 난 욥인지 좁인지 하는 사나이가 있다는 사실조차 몰랐는데.

하무디 오빠는 릴라 씨 덕분에 '막다른 골목'에서 빠져나왔다. 다시 일자리를 구한 것. 마약 밀매에서 완전히 손을 떼고 제대로 된 일을 구할 때까지 우리 동네 수퍼마켓 말리스타에서 경비원으로 일하기로 했단다. 오빠 대마초도 훨씬 덜 피운다. 오빠랑 길에서 마주치는 일도 뜸해졌다. 하지만 오빠가 더 나은 사람이 되어가고 있는 것 같아서 기분은 좋다. 예전에 오빠 입만 열면 '앞날이 캄캄하다'고 말했는데. 그러고 나서 곧 미안하다고 사과하긴 했지만.

"아차, 열일곱 살짜리 어린애한테 이런 말을 하면 안 되는 건데. 내 말, 한 귀로 흘려들어, 알겠어? 앞날은 창창해! 알았어, 몰랐어?"

이건 완전히 협박이었다. 하지만 오빠 말이 옳았다. 이제 오빠 궁지에서 벗어났으니까. 요즘 오빠는 릴라 씨랑 새 출발을 하겠다고 다짐하고 있다. 축구랑 랩은 이제 안녕이란 말이겠지. 사랑이야말로 가장 멋진 탈출구니까.

난 일 년 중에서 크리스마스랑 개학날이 제일 싫다. 그래서 벌써 사흘째 설사를 하고 있다. 모르는 학교로 가야 한다는 것, 그것도 모자라 모르는 아이들—이건 정말 최악인데, 내가 모를 뿐 아니라 나를 모르는 아이들—과 어울려야 한다는 것. 생각만 해도 설사가 줄줄 쏟아져나오기 시작한다. 아, 미안. 배가 살살 아프기 시작한다(좀 덜 더럽게 느껴지지?).

루이 블랑 실업고등학교. 누구야, 루이 블랑이? 난 인명사전을 펼쳐보았다. 그런 이름이라면 인명사전에 올라 있을 게 분명했으니까.

루이 블랑(Louis Blanc, 1811~1882), 프랑스의
언론인. 사회주의자. 수정자본주의자.

프랑스에서는 '-주의자'라는 수식어가 두 개 이상
붙는 이름이면 무조건 고등학교나 거리나 도서관이
나 지하철역 이름으로 갖다붙인다. 사전을 찾아보길
잘했지. 혹시라도 누군가 날 골탕먹여보겠다고 "어
이, 거기 너! 루이 블랑이 누군지 알아?" 하고 꽥 소리
를 지르면 바로 그 자리에서 "사회주의자. 수정자본
주의자"라고 대답해줄 수 있을 테니까. 아니, 아예 버
터 냄새 물씬 나는 영어 발음으로 "소셜리스트. 리포
미스트"라고 대답해줄까? 그럼 그 얼간이, 말문이 턱
막히겠지, 응? 아니, 항문이 턱 막힐지도 몰라. 바보.

개학날 아침, 엄만 너무너무 귀여웠다. 자기 딸이
'새 학교'에서 제일 예뻐 보였으면 해서 부산을 떠는
모습이라니. 엄만 내 옷 중에서 가장 덜 허름한 걸로

골라 빳빳이 다림질을 해놓았다. 짝퉁 리바이스 청바
지였는데— 진짜랑 거의 똑같았다 — 엄마가 쿠르뇌
브 벼룩시장에서 건진 물건이었다("자자, 사모님들,
아가씨들, 쌉니다 싸요. 거저먹는 거나 다름없어! 리
바이스 여성용 청바지가 단돈 십이 유로! 백화점에서
칠십 유로 하는 물건이 단돈 십이 유로! 거저먹는 거
야! 으샤으샤! 골라보세요, 골라봐!"). 엄만 내 길고
검은 머리칼도 정성껏 손질해주었다. 엄마도 젊었을
땐 나처럼 머리채가 '흑단' 같았단다. 지금은 숱도 적
고 희끗희끗하지만. 엄마는 내 머리를 한 가닥으로
묶어주었다. 그것도 올리브기름을 발라서. 완전히 옛
날식으로, '촌구석 스타일'로. 난 기분이 꺼림칙했지
만 아무 말도 하지 않았다. 초등학교 때 학교에서 단
체사진을 찍었던 게 기억난다. 난 그때도 올리브기름
으로 머리를 손질하고 학교에 갔다. 사진 속에서 내
머리는 샴푸 광고에 나오는 여자의 머리카락처럼 눈
부시게 빛나고 있다. 하지만 실제로 내 머리는 찐득
찐득했고 튀김냄새까지 풀풀 풍기고 있었다(그게 다

모로코산 특제 올리브기름 '지트지툰' 덕분이었다).
담임선생님은 나더러 대답을 잘한다며 머리를 쓰다
듬어주더니, 청바지에 손을 쓱쓱 문질렀다. 그러고
보니, 단체사진을 찍는 날이면 선생님들이 하나같이
청바지를 입고 왔네?

  에이, 그때만 해도 엄마 눈에 내가 참 귀엽게 보였
는데. 사람들이 나더러 엄마를 쏙 빼닮았다고 말해줄
때면 참 뿌듯하다. 난 아빠랑 닮은 데가 거의 없다. 눈
말고는. 내 눈도 아빠처럼 녹색이다. 아빠의 두 눈은
늘 그리움에 젖어 있었다. 내가 거울을 볼 때면 늘 아
빠의 두 눈과 그 속에 담긴 그리움이 함께 비친다. 언
제나. 뷔를로 선생님은 언젠가 나도 거울 속에서 나
만을 보는 날이 올 거라 했다. 오직 나만을 보는 날이.

  엄만 내 눈을 커 보이게 한다고 눈가를 눈썹먹으로
검게 칠했다. 내가 집을 나서기 전 엄마는 내 이마에
입을 맞추며 신께서 나와 함께하실 거라고 말해주었
다. 난 신께서 나와 함께 차에 타주시기를 빌었다. 대
중교통이란 스트레스 그 자체니까. 구청 앞 정류장까

지 걸어가 학교로 가는 버스를 탔다. 타자마자 내 눈에 들어온 게 누구였게? 이어폰을 귀에 꽂은 채 의자에 퍼져앉은 나빌이었다. '왕재수' 나빌 말이다. 세상에 이럴 수가.

나빌은 나랑 눈이 마주치자 대번에 풀죽은 표정이 되었다. 꼭 바람피우다 들킨 남자처럼. 녀석은 고개를 숙일 듯 말 듯하면서 모깃소리만 하게 "잘……내?"하고 웅얼거렸다. 게으름뱅이. 글자 한 자 더 말하는 게 그렇게 힘드냐? 대답 대신 난 눈을 한 번 깜빡인 다음 입술을 앙다물었다. '난 너 같은 놈 싫어, 왕재수 나빌. 여드름투성이에다 호모에다 거만하기까지 한 세균덩어리!' 라는 뜻으로. 나빌이 제대로 알아들었으면 좋으련만.

이윽고 난 묵주를 돌리고 있는 아프리카인 할아버지 옆에 자리를 잡고 앉았다. 할아버지의 손 안에서 한 알씩 돌아가고 있는 나무 묵주. 아빠가 아주 가끔 그렇게 명상에 잠기던 게 생각났다. 비록 착실한 '무슬림'은 아니었지만. 아빠 때문에 '1664'를 상자째

집에 들여놓은 다음부터 우리는 예배를 보러 가지 않았다. 그래봤자 아무 소용없다는 걸 알게 됐으니까.

나빌 그 자식은 나보다 세 정거장 앞에 내렸다. 인사도 없이. '다음에 보자'거나 '안녕'이라거나 '빠이 빠이'라거나. 아무 인사도 없이. 야만인. 하긴, "잘 지내?"라는 세 글자도 똑바로 말하기 힘든 녀석한테 "다음에 보자"라는 인사를 기대하는 건 무리지. 그래도 난 이번 일로 해서 나빌을 좀 미워하게 됐다. 하지만 그게 문제가 아니었다. 최악의 사태가 날 기다리고 있었으니까.

이윽고 난 인명사전에서 본 이름 '루이 블랑'이 내걸려 있는 학교에 도착했다. 서른 명쯤 되는 '날라리' 여자애들이 왁자지껄 떠들어대고 있었다. 염색, 탈색, 파마 그리고 스트레이트, 어퍼컷, 훅. 개학을 기다리는 학생들인지 오디션을 보러 온 모델들인지. 하나같이 유행의 첨단, 즉 '패션'이라는 걸 확실하게 보여주고 있었다. 눈가를 눈썹먹으로 검게 칠한 채 짝퉁 청바지를 입은 나하곤 차원이 달랐다.

이윽고 우리는 반을 배정받았다. 교장선생님은 여자였다. 이름은 아녜스 베르나르(하지만 패션 디자이

너 아녜스 B하고는 아무 상관이 없다). 서른이 넘을까 말까 한 젊은 여자였는데, 금발이었고 흔해빠진 옷차림을 하고 있었다. 그랬다. 한마디로 어디서나 흔히 볼 수 있는 젊은 여자였다. 그나마 혀짤배기 소리라도 하지 않는다면 개성이라곤 털끝만큼도 없어 보였을걸? 불쌍한 양반. 교장선생님은 교육 과정에 대해서, 즉 우리가 한 해 동안 배우고 익히고 삶아야 할 것들에 대해서 설명하기 시작했다. 1. 미용제품— 미용제품 제조 관련 규정 및 미용제품 제조에 필요한 원료. 2. 미용도구—'드라이'와 '세팅'에 필요한 도구 및 '커트'에 필요한 도구, 기타 부수적인 도구들. 3. 미용기술—'샴푸'하는 법, 염색 및 탈색하는 법, '파마'하는 법, '드라이'하는 법…… 이게 도대체 어느 나라 말이지? 중국말? 내가 어쩌다 이런 일에 말려들었을까?

집으로 돌아왔을 때 내 기분은 엉망하고도 진창이 되어 있었다. 이대로 무너지고 싶지 않았지만, 더 참을 수가 없었다. 그래서 난 현관문을 열고 집 안으로 들어서자마자 와락 울음보를 터뜨렸다. 그리고 몹시 울었다. 온 아파트에 홍수 경보가 울려퍼지지 않은 게 신기할 정도로. 엄마가 옆에 없어서 다행이었다. 난 엄마가 어떤 사람인지 잘 안다. 엄만 분명히 나를 따라 울었을 거다. 내가 왜 우는지 모르면서도.

며칠 후 난 보모 일을 그만뒀다. 너무 바빠서. 할 일이 산더미 같아서. 완전히 '예약 초과' 상태라서. 이제 아이 보는 일 같은 건 할 수가 없네요. 미안해요.

농담이다. 사실 내가 그 일을 그만둔 건 하무디 오빠가 사라를 돌볼 수 있게 되었기 때문이다. 일이 오후 네시면 끝나는데다 슈퍼가 보육원에서 멀지 않으니까. 잘됐지 뭐. 이제 정말 가족적인 분위기가 나겠는걸?

요즘은 장을 보러 갈 때에나 하무디 오빠를 만날 수 있다. 그럴 때도 오빠 연신 쌀 상자 따위를 슈퍼 안으로 들여놓으면서 나랑 얘기를 주고받는다. 그러니 한 오 분만 지나면 자리를 뜨고 싶어질 수밖에. 오빠 대답도 건성으로 한다. 이젠 하무디 오빠 그 옛날의 하무디 오빠가 아니다. 오빠도 그걸 알고 있다. 며칠 전에 우편함을 열어보니 하무디 오빠의 편지가 20유로짜리 지폐 한 장과 함께 들어 있었다. 오빠 편지에다 '무디'라고 서명을 해놓았다. 그것도 별명이라고. 시시하긴. 나 같으면 좀더 멋있는 별명을 생각해냈을 텐데. 예전엔 별명 같은 거 어디다 써먹느냐고 하더니 별짓을 다 하네. '무디'가 뭐야. 릴라 씨한테 좀 물어보고 정하지. '무디'라니 사람이 너무 '무지'해 보이잖아? 별명 따윌 갖다붙이는 건 부르주아 커플들이나 하는 짓이야. "토끼고기 좀 먹어봐요, 내 귀여운 오리." 거꾸로 뒤집어도 마찬가지지. "오리고기 좀 먹어봐요, 내 귀여운 토끼." 우웩, 유치찬란해.

그러니까, 오빠 날 내버려두었다는 양심의 가책을 느끼지 않으려고 편지와 20유로짜리 지폐를 보냈을 거다. 돈으로 '결핍'을 보상할 수 있다고 생각하는 거야 뭐야? 이제 여성지 좀 그만 뒤적이시지. 편지 내용도 시시했다. '도움이 필요하면 언제든지 날 찾아와.

내가 어디 있는지는 잘 알고 있지?' 그럼그럼. 길바
닥을 어슬렁거리지 않는다는 거 잘 알고 있어. 오빤
나랑 랭보를 배신했어. 배신자. 다 똑같아. 다 배신자
라고.

　뷔를로 선생님도 마찬가지일 거야. 구청에서 돈이
나오지 않는다면 나한테 상담을 해주지 않을걸? 분
명히 날 배신할 거야.

시내 담뱃가게 진열창에 로또복권 당첨을 알리는 글이 붙어 있었다. '제○회 로또복권 당첨자, 6만 5천 유로 획득! 축하합니다!' 매회 당첨자가 나오기는 하는 모양인데, 그게 누구인지는 도대체 알 수가 없다. 담뱃가게 주인들은 착한 사람들이라 밀고 같은 걸 하지 않는 모양이다. 절대 당첨자의 이름을 써붙이지 않는다. 그런 일에 제 이름을 당당히 알릴 배짱 좋은 멍청이가 어디 있겠느냐고? 있다. 바로 우리의 '보안관' 아저씨. 아저씬 분명히 텔레비전에 나와서 유명 인사가 될 거다. 그러고 나면 불심검문 같은 걸 당할 일도 없겠지. 그럼그럼. 아저씨의 이름을 모르는 경찰이 아무도 없을 테니까. 그러고 보면, 아저씬 정말 대박을 터뜨릴 자격이 있는데. 얼마나 오랜 세월 경마에 매달려왔느냔 말이야. 아저씬 그 돈으로 뭘 할까? 새 모자를 살까? 아니면 새 청바지? 새 아파트? 새 동네? 새 나라? 아마 아저씬 고향 튀니스에 호화 저택을 짓고 거기서 쿠스쿠스를 잘 만드는 아내랑 결혼해서 행복하게 살아가겠지……

참, 결혼 이야기가 나왔으니 말인데, 엄마가 곧 결혼할 것 같다. 파리 시장님을 사모하게 됐거든. 엄만 웬 추모비 제막식에 나타난 베르트랑 들라노에 시장님을 보자마자 한눈에 반해버렸다. 무슨 추모비였느냐, 1961년 10월 17일 파리에서 희생된 알제리인들을 기리기 위한 추모비였다. 당시 알제리 이민들이 3만에서 5만 명가량 파리 시내로 쏟아져 나와 대규모 시위를 벌였는데, 그중 2백 명 이상이 진압경찰 등에 의해 센 강에 던져졌단다. 이게 다 시립도서관에서 책을 빌려보고 알게 된 거다.

엄만 입에 침이 마르도록 베르트랑 시장님을 칭찬했다. 엄청 훌륭하고 존경스럽다고. 난 곧 베르트랑 들라노에 시장님을 상대로 '엄마 결혼시키기 운동'을 펼칠 계획이다. 엄마의 사진(여권에 붙어 있는 흑백사진)이 들어간 호소문을 방방곡곡에 붙여야지. "시장님, 난 당신을 '키프키프' 하고 있답니다. 전화 주세요……" 호소문을 보는 순간 시장님의 가슴은 후끈 달아오르겠지. 아직 독신인 것 같던데. 그러고 보니, 시장님이 여자랑 함께 있는 모습은 한 번도 본 적이 없는 것 같다. 잘됐네 뭐. 엄마 같은 여자랑 결혼하는 건 3연승식 경마에 당첨되는 거나 마찬가지거든. 음식 잘하지, 청소 잘하지, 뜨개질 잘하지. 아직까지 '친애하는 시장님' 께 순모 팬티를 뜨개질해준 사람은 아무도 없을 거야. 시장님은 좋겠다.

어제 저녁에 난 쓰레기를 버리러 내려갔다가 수거함 옆에서 하무디 오빠와 마주쳤다. 날 만나러 가는 중이었단다. 쳇, 거짓말쟁이. 릴라 씨네 집으로 가고 있었으면서.

"오빠, 뻥치지 마!"

아니, 사실 난 그렇게 말하지 못했다. "어, 그래……"라고 했을 뿐. 우린 잠시 얘기를 나눴다. 오빤 미안하다고 했다. 예전처럼 챙겨주지 못해서…… 그러니까 이제 새로운 삶을 시작했다는 이야기였다. 난 거기에 끼어들 수 없다는.

"오빠, 난 백수건달이었던 오빠가 그리워. 경찰관 아저씨들한테 주먹감자를 먹이던 오빠가."

아니, 사실 난 그렇게 말하지 못했다. 그저 "알았어, 알았다고"라고 했을 뿐.

오빠는 릴라 씨랑 결혼할 생각이란다. 오빠의 어머니가 아시면 기뻐하시겠다. 자식들을 모두 결혼시키는 데 성공했으니. '최종 단계 통과. 보너스 점수 추가. 승리하셨습니다!' 얼마나 좋을까, 아주머닌. 오빠 딱 알맞은 때 결혼을 결심했지 뭐야. 서른 살. 조금만 더 능장을 부렸으면 어머니가 슬슬 걱정을 하기 시작했을 테니까…… '알라여, 신이시여, 제 아들이 혹시 '호머'인지 '호모'인지 뭐 그런 거 아닐까요? 망

신스러워라……'

하무디 오빠, 날 결혼식에 초대하는 게 좋을걸? 안 그러기만 해봐, 경찰에 확 넘겨버릴 테니까…… 에이, 농담이다. 어떻게 그런 짓을 한담. 우리 동네에 친구를 경찰에 넘긴 건달이 하나 있는데, 날이면 날마다 주먹질과 욕설에 시달린다. 온 동네 사람들한테 '하르키'*라 불리면서. 난 배신 같은 유치찬란한 짓은 절대 못한다. 불쌍한 인간, 우리 동네 파라디 임대아파트 단지에서 배신자로 낙인이 찍히면 얼마나 살기가 힘든데. 여기선 한 번만 밉보이면 완전히 끝장이다. 죽을 때까지 동네 사람들의 등쌀에 시달려야 하니까.

그러고 보니, 몇 년 전 우리 동네를 떠난 이웃 언니가 생각난다. 그 언니의 이야기는 신문에도 실렸다. 언니는 모범생이었고, 언니의 부모님은 온 동네 사람

---

* 북아프리카 주둔 프랑스 식민군대의 원주민 보충병.

들의 존경을 받고 있었다. 동네 건달들조차 언니의 아버지가 무거운 짐을 나를 때면 기꺼이 나서서 도와줄 정도였다. 언니는 시립극단 단원이었고, 언니의 부모님은 딸이 하는 일에 대해 별다른 간섭을 하지 않았다. 게다가 연말에 공연이 있을 때면 구경하러 오기도 했다. 한마디로 언니는 비교적 자유롭게 살고 있었다. 물론 부모님은 언니가 무대에 오르는 걸 취미활동쯤으로, 그러니까, 일 주일에 한 번씩 문화센터에서 주최하는 수채화 교실에 다니는 것과 마찬가지라고 생각하고 있었지만. 사실 언니는 연극에 미쳐 있었다. 그래서 평생 연극만 하면서 살기로 결심하고 있었다. 스무 살 무렵부터 언니는 리브리 가르강뿐 아니라 프랑스 전역을 돌아다니며 무대에 오르기 시작했다.

그러던 어느 날, 언니의 부모님은 익명의 편지를 한 통 받게 되었다. 그 편지 전문이 언니의 증언과 함께 신문에 실렸다.


따님은 못된 무리와 어울리며 밤에도 남자들과

거리를 배회하는 일이 많다고 합니다. 따님의 이러한 행실은 가문의 명예를 더럽히고 있습니다. 나중에 신께서 따님을 바른 길로 인도하지 못한 죄를 물으시기 전에 따님에게 좀더 엄격해지십시오. 지금 따님은 가문의 명예도 이슬람의 교리도 다 잊어버리고 방종하게 행동하고 있습니다. 프랑스인들에 의해 악에 물들고 있지요. 화장에 염색까지 하고 다닌다니, 이는 분명 남자들을 유혹하려는 행동이자 악마의 꼬임에 넘어가고 있다는 증거입니다. 이보다 더 부끄러운 일이 벌어지기 전에 따님을 꾸짖어 바른 길로 인도하십시오. 그러지 않으신다면 나중에 신께서 두 분에게도 책임을 물으실 것입니다.

신께서는 더없이 너그러운 분이시니, 따님을 반드시 가족과 이슬람의 품으로 돌아오게 해주실 것입니다. 따님에게 조금만 더 엄격해지십시오. 그리고 간절한 기도를 통해 따님이 바른 길로 돌아오도록 기원하십시오.

이제껏 존경받으며 사셨잖습니까. 가문의 명예

를 지켜야지요. 딸을 바른 길로 인도하는 것은 부모의 책임이라는 것을 잊지 마십시오. 신께서 그 힘을 두 분께 나눠주셨다는 것을.

편지가 날아온 후 언니의 생활은 완전히 달라졌다. 익명의 멍청이가 쓴 그 바보스런 편지가 언니네 부모님의 마음을 움직인 것이다. 두 사람은 딸에게 '너무' 많은 자유를 주었다며 후회스러워했다. 대번에 언니한텐 외출금지령이 내려졌다. 극장에도 빵집에도 갈 수 없는 처지가 된 거지. 엎친 데 덮친 격으로 언니의 부모님은 딸의 결혼을 서두르기 시작했다. 딸을 집 안에 붙들어놓는 가장 확실한 방법이 바로 결혼이었으니까.

신문에 실린 증언에 따르면, 그래서 언니는 가출하기로 결심했고 집을 나와 혼자 살면서 부모님과는 완전히 연락을 끊었다고 한다. 하지만 그 덕분에 코메디 프랑세즈에 입단, 진짜 배우가 될 수 있었다고. 장하다.

됐다. 드디어 열여덟 살이 됐다. 즉 열여덟 번의 봄 여름가을겨울을 보냈다는 거지. 아무도 그 사실을 기억하지는 못하지만. 심지어는 엄마조차. 올해는 아무도 내 생일을 축하해주지 않았다. 하긴, 작년에도 마찬가지였지…… 참, 아니다. 작년에는 '아녜스 B'에서 생일 축하 메시지와 함께 선물 증정 쿠폰을 보내왔다. 열흘 안에 쿠폰을 반송하면 선물을 보내주겠다고. 하지만 올해는 거기서도 아무 연락이 없다. 아녜스 B 여사, 밉다. 작년에 쿠폰을 보내지 않았다고 앙심을 품었나보다. 바보. 상관없다. 그런 선물, 사진

속에서만 그럴 듯하고 실제론 형편없으니까.

올해는 다들 너무 바빠서 내 생일을 기억해내지 못했나보다. 할 수 없지 뭐.

솔직히 왜 그런지 난 잘 알고 있다. 내가 별볼일 없는 사람이라서 그런 거다. 잘난 사람들의 생일은 만인이 다 기억한다. 심지어는 신문에 실리기도 한다. 하지만 난 잘나지 않았거든. 신통한 재주도 없고. 참, 몇 가지 재주가 있긴 하다. 대단한 건 아니지만. 발가락을 꺾어서 우두둑 소리를 낼 수도 있고, 침을 한 줄기 흘려서 다시 빨아올릴 수도 있고, 또 아침에 욕실에서 거울을 보며 이탈리아어 억양을 흉내낼 수도 있고…… 그럼그럼, 내가 할 줄 아는 게 얼마나 많다고. 내가 남자라면 이렇게 살고 있진 않겠지…… 지금과는 완전히 딴판으로 살고 있겠지.

일단 아빠가 집을 떠나 모로코로 가지 않았을 거다. 그리고 1994년도 크리스마스엔 롤러스케이트를 선물로 받았을 테고. 더불어 산타 할아버지한테 보낸 편지에 답장도 받았겠지. 그럼그럼, 남자로 태어났으면 지금까지 정말 신나게 살았을 텐데. 어렸을 때 찍은 사진도 수두룩하겠지. 사라처럼. 아빠 아마 나한테 잎담배 썹는 법을 가르쳐줬을 거야. 공사장에서 들은 음담패설도 이야기해줬을 테고. 가끔 내 어깨를 툭툭 두드려주기도 했겠지. 사나이 대 사나이로서. '넌 참 좋은 놈이야, 인마!' 라는 뜻으로. 그럼그럼. 그리고 난 가끔 남자라는 걸 과시하기 위해 사타구니 사이를 긁어댔겠지. 정말이지 남자로 태어났으면 얼마나 좋았을까. 할 수 없지. 난 이렇게 여자로 태어났는걸. 계집애로, 가시내로, 여자로. 결국엔 나도 여자라는 데 익숙해지겠지.

며칠 전에 엄마랑 공중전화 부스에 가서 조라 이모
한테 전화를 걸었다. 우리 동네엔 옛날식 공중전화
부스가 제법 많다. 나무틀과 유리로 짜인 칸막이, 전
화기 위에 적혀 있는 전화번호. 모로코의 공중전화도
꼭 이랬다. 공중전화의 원산지는 아마 모로코일 거
다. 공중전화 덕분에 난 리브리 가르강에서 모로코의
정취를 느낄 수 있다.

조라 이모는 잘 지낸단다. 곧 우리를 보러 올 거라
나. 희소식 한 가지. 유세프 오빠가 5월에 풀려난단
다. 확실한 것 같았다. 이모가 '인샬라'라고 중얼거

리지 않는 걸로 봐서. 이모는 면회를 갈 때마다 유세프 오빠가 점점 딴사람이 되어가는 것 같다며 불안해했다. 단순-무식-과격한 말들을 마구 늘어놓는데, 제 아버지보다 정도가 더 심하대나. 정말 심하긴 심한 모양이다.

오빠 '깜빵'에서 이상한 사람들과 어울린 게 틀림없다. 원래는 말이 없고 나이에 비해 생각도 깊었는데…… 요즘 유세프 오빠는 '죄악'이니 '천벌'이니 하는 말을 입에 달고 산단다. 예전에는 그런 건 나 몰라라였는데. 무슨 맛인지 궁금하다며 몰래 베이컨 칩을 사러 가던 오빠가 순식간에 그렇게 변해버리다니, 뭔가 수상쩍은 냄새가 난다. 누군가가 옥살이에 지친 오빠를 상대로 세뇌 공작을 펼친 게 틀림없다. 오빠의 5월 출소 만세!

희소식 한 가지 더. 어제 저녁 지역뉴스에 누가 나왔게? 파투마 코나레 아줌마. 포퓰러원 호텔의 청소부 파투마 코나레 아줌마가 화면 속에서 분홍색 작업복 차림으로 활짝 웃고 있었다. 아줌마의 이름이 자막으로 표시되어 있었다. '노조위원장'이라는 직함과 함께. 기자는 '청소부 아줌마들의 승리'에 대해 보도하고 있었다. 파업중 해고당한 사람들이나 퇴직금을 받지 못한 사람들에 대해서 적절한 보상이 이루어질 거라고. 그럼 엄마도 곧 돈을 만지겠네? 문득 둔탱이 사장 시옹 씨가 생각났다. 이제 곧 알거지가 되겠지? 헤헤헤! 고것 참 쌤통이다!

자, 이 정도면 생일선물로 충분하다. 이 세상에도 정의가 존재한다는 걸 알게 됐으니. 사실, 그게 좀 의심스럽다는 생각이 들던 참이었거든. '인생사 돌고 도는 것'이란 말도 지겨워지던 참이고(인생이 바퀴야? 돌고 돌게).

계속 안 좋은 일만 겪다보니 세상이 너무 불공평하다고 생각할 수밖에 없었는데, 얼마 전부터 생각이 좀 바뀌기 시작했다. 이런저런 희소식이 들려오면서부터…… 포뮬러원 호텔 청소부 아줌마들은 파업을 승리로 이끌었고, 하무디 오빠와 릴라 씨는 오는 4월

에 결혼할 거고…… 그중에서도 가장 날 기쁘게 한
건 요 일 년 사이에 엄마가 확 달라졌다는 것. 날로 새
로워져가는 엄마를 보면서, 혼자 힘으로 먹고살기 위
해 애쓰는 엄마를 보면서, 난 얼마든지 달라질 수 있
다는 생각이 들기 시작했다. 엄마처럼 되어야지 하는
생각도.

　일에서 난 엄마를 닮아가고 있다. 왜냐, 미용사 자
격증 반에선 쉴 틈이 없거든. 머리를 감기고 말리고
손질하고, 그리고 다시 감기고 말리고 손질하고……
휴식이라곤 없다. 하느님도 이레째엔 쉬셨다는데. 해
도 너무했지. 그래도 안심은 된다. 이번 학기엔 낙제
할 것 같지 않아서. 하긴, 미용사 자격증 반에서도 낙
제하면 도대체 어디로 가겠어.

뷔를로 선생님이 말하길, 이제 심리치료상담을 그만해도 될 것 같단다. 난 확실하냐고 물었다. 선생님은 대답 없이 웃기만 했다. 그렇다는 뜻인지 아니면 이제 내 이야기 따위 듣고 싶지 않다는 뜻인지. 어쩌면 선생님은 평생 내 이야기를 듣고 살아야 한다는 생각에 눈앞이 캄캄했는지도 모른다.

어쨌든 상담이 끝나서 기분 좋다. 사실, 선생님을 만날 때면 마음에 걸리는 게 한두 가지가 아니었거든. 우선 성씨부터. '뷔를로'가 뭐야. 아무 뜻도 없는 데다 발음하기도 어렵잖아. 그리고 좀약 냄새에 생뚱맞은 심리테스트에. 게다가 선생님은 나이도 많다. 완전히 할머니다. 난 선생님이랑 이야기할 때마다 세대 차이를 실감했다. 유행어나 속어가 튀어나오지 않도록 얼마나 조심해야 하는지. 그러다보면 김이 확 새는데…… 선생님은 내가 '생뚱맞다'고 말해도 웃지 않았다. '뚜껑'이 열렸다고 하면 무슨 뚜껑이냐고 되묻고. 그럴 때 선생님의 표정은 꼭 초딩 같지 뭐야……

한마디로 뷔를로 선생님과 난 '주파수'가 다르다. 말이 나왔으니 말인데 그렇기 때문에 치료가 성공한 거다. 사실, 선생님과의 상담이 나한테 얼마나 큰 도움이 되었는지 모른다. 참, 그래서 선생님한테 고맙다고 인사드렸다. 정말 고맙다고.

그러자 선생님은 나한테 의미심장한 말을 던졌다. "힘내!" 여느 때라면 "다음 월요일에 봐!"라고 했을 텐데. 바로 이 "힘내!"라는 말을 듣는 순간, 난 유세프 오빠한테서 두발 자전거 타는 법을 배우던 기억이 떠올랐다.

난 오빠한테서 끝까지 붙잡고 있겠다는 약속을 받아낸 다음 자전거에 올라탔다. 얼마나 페달을 밟았을까, 문득 저만치서 오빠의 목소리가 들려왔다. "손 놨어!" 아득히 먼 데서 들려오는 목소리였다. 오빠 이미 오래 전에 자전거를 놓은 거였다. 난 아무것도 모른 채 계속 혼자 페달을 밟았고. 뷔를로 선생님의 "힘내!"라는 말은 바로 유세프 오빠의 "손 놨어!"라는 말과 마찬가지였다. 그래, 이미 오래 전에 손을 놨단 말이지, 날 배신하는 게 아니라……

병원을 나서는데, 내가 꼭 영화의 마지막 장면 바로 앞부분에 이르러 있는 듯한 느낌이 들었다. 문제는 거의 다 해결되고 이제 마무리만 하면 되는 상황이랄까. 물론 〈쥬라기 공원〉의 결말 부분보다 훨씬 길고 험난한 마무리가 되겠지만.

사실, 내가 진짜로 뭘 하고 싶은지 아직도 잘 모르겠거든. 미용사 자격증 반은 다른 일이 생길 때까지 다니는 거고. 크리스티앙 모랭*을 봐. 몇 년 동안 텔레비전에서 '행운의 바퀴'를 돌리긴 했지만, 천직은 클라리넷 연주잖아.

.

---

\* 프랑스의 클라리넷 연주가. 한때 프랑스 민영방송 TF1의 오락 프로
그램 〈행운의 바퀴〉를 진행하기도 했다.

어제 누가 날 보러 왔게? '왕재수' 나빌. 혼자서 집을 지키고 있는 참인데, 초인종 소리가 났다. 문을 열고 내다보니 녀석이 벽에 비스듬히 기댄 채 서 있었다. 파르라니 면도를 하고 향수 냄새까지 폴폴 풍기면서. 녀석은 쓰고 있던 야구모자를 벗어들더니 씩 웃으며 나한테 인사했다.

"안녕, 잘 있었어?"

난 그 자리에 얼어붙었다. 입을 딱 벌린 채. 꼭 복권에 당첨된 사람처럼. 한참이 지나서야 난 녀석에게 들어오라고 말해도 된다는 걸 알아차렸다. 우리는 나

란히 소파에 앉아 이야기를 나눴다. 녀석은 여름방학
을 어떻게 보냈는지, 최근에 어떤 책을 읽었는지, 졸
업반 생활은 어떤지 이야기해주었다. 녀석은 작년에,
그러니까 2학년 말에 대학입학자격시험에 응시했는
데, 떨어졌단다. 자기는 아무렇지도 않았는데 엄마가
몸져 눕더라나. 그 XXX 같은(이번에도 역시 자기검
열!) 아줌마 말로는 그게 다 나한테 시간을 너무 많이
뺏겼기 때문이란다. 내 숙제를 도와준답시고 우리 집
을 너무 자주 들락거리다보니 나빌이 제대로 시험 준
비를 못 한 거라고. 다 내 잘못이라 이거지?

　그건 그렇고, 우린 정말 많은 얘기를 나눴다. 심지
어는…… 내 얼굴을 화끈 달아오르게 만든 그 일에
대해서도. 무슨 얘기냐고? 에이, 다 아시면서.

　나빌은 요전에 '도둑 키스'를 해서 미안하다고 하
더니, 혹시 그것 때문에 화난 건 아니냐고 물어왔다.
난 아니라고 대답했다. 그러자 나빌은 한 번 더 시도
했다. 녀석은 놀랍도록 발전해 있었다. 한마디로 능
수능란했다. 제르바에서 실컷 연습하고 온 게 틀림없

었다. 부모님과 함께 여행 온 열아홉 살짜리 독일 여자애하고. 그 부모님의 직업은 스캔들 폭로 전문 기자였을 테고, 그 계집앤 금발에 초록색 눈을 지니고 있었을 거야. 이름은 페트라고, 가슴이 빵빵했겠지.

어쨌든, 그러고 나서도 나빌은 가지 않고 나랑 텔레비전을 보며 이야기를 나눴다. 심지어는 내 머리를 쓰다듬기까지 했다(다행히도 그때 난 머리에 지트지툰을 바르고 있지 않았다). 난 나빌에게 내 자신에 대해 이야기해주었다. 내 가족에 대해서, 나빌이 모르고 있는 이런저런 것들에 대해서…… 그중엔 하무디 오빠에 대한 이야기도 있었다. 오빠가 32단지 상가 앞에서 랭보의 시를 읊어주었다는 이야기도. 그러자, 나빌이 다시 한번 날 놀라게 했다. 랭보의 시 「고아들의 새해 선물」*을 내 귀에 속삭이는 게 아닌가. 게다가 나빌은 하무디 오빠처럼 더듬거리지도 않았다. 마치 시로 융단폭격을 퍼붓는 것 같았다. 정말 멋있었

---

* Les Etrennes des orphelins. 랭보의 초기작 중 하나로 5연 104행으로 이루어져 있다.

다. 마지막 말 한마디로 분위기는 다 깨졌지만. 시를 다 읊고 나더니, 날 빤히 쳐다보며 씩 웃더니 이렇게 말하지 뭐야. "놀랐지, 응?" 아니라고 하자, 나빌은 킥킥 웃었다. 자, 난 이렇게 나빌과 화해했다. 아마도 난…… 나빌을 몹시 사랑하고 있나보다. 오는 수요일에는 나빌이랑 영화를 보러 가기로 했다. 신난다. 마지막으로 영화관에 간 게 언제였더라, 아마 학교에서 〈사자왕 리처드〉를 단체 관람하러 갔을 때였지?

주말에 하무디 오빠를 만났다. 릴라 씨와 사라도. 엄마 심부름을 하러 시내에 있는 쇼핑센터에 가는데 뒤에서 '빵빵' 하고 경적 소리가 들려왔다. 한참이 지나도록 계속 들려오기에 뒤돌아보니 오빠였다. 사실, 난 경적 소리나 휘파람 소리가 들려와도 여간해서는 뒤를 돌아보지 않는다. 십중팔구 내가 아니라 내 뒤에 걸어오고 있는 날라리 계집애(분홍색 반짝이 '쫄티'에 착 달라붙는 청바지)를 부르는 소리니까. 하지만 그날 내 뒤엔 아무도 없었고, 난 오빠네와 함께 차를 타고 쇼핑센터로 향했다.

세 사람한테서는 깨소금 냄새가 솔솔 풍겼다. 하무디 오빠한테 이런 행복이 찾아올 줄 누가 알았을까. 그러고 보니 하무디 오빠 차도 새로 바꾼 것 같았다. 이번엔 빨간색 오펠 벡트라였다. 사이보그 사회복지사께서 도둑맞으셨던 바로 그 차. 하지만 난 아무 말도 하지 않았다.

사이보그 선생님 이야기가 나왔으니 말인데, 선생님은 다른 지방으로 전근갔다. 우리의 뒤거시기 선생님께서 출산 휴가를 마치고 돌아오셨거든. 자기 닮은 딸을 낳았단다. 물론 선생님은 우리를 보러 오면서 아기의 사진도 알아서 챙겨오셨다. 그 덕분에 우리는 '린제이' (선생님이 아기를 그렇게 부르는 걸 보니 그게 아기 이름인가보다…… 자세히는 모르겠지만)가 아직 탯줄에 감긴 채 엄마 품에 안겨 있는 모습을 볼 수 있었다. 뒤거시기 선생님은 무슨 신통한 재주가 있는지 모르겠지만, 출산 직후에도 완벽한 '헤어스타일'을 유지하고 있었다. 목욕하는 린제이, 아빠랑 이케아 소파에 앉아 있는 린제이, 요람에서 자고 있는 린제이 그리고 티베트에 간 린제이, 린제이와 태양의 신전, 린제이와 카스타피오레의 보석* 등등. 사회복지사계의 모델 뒤거시기 선생님은 예쁜 딸을 낳은 게 무척 기쁜 모양이었다. 누가 알아? 몇 달 후면 기저귀 광고에 내보낼 수 있을지……

선생님은 우리 집 분위기가 확 달라졌다며 놀라워했다. 그러고는 어떻게든 복지부 예산을 따내서 내년 여름엔 엄마랑 내가 휴가를 갈 수 있게 해주겠다고 약속했다. 바다 구경을 할 수 있게 해주겠다는 얘기. 난 그 자리에서 쓰러졌다…… 너무 좋아서. 어쩌면 뒤거시기 선생님은 피에르 신부와 엠마뉘엘 수녀 사이에서 태어난 사생아인지도 몰라. 자비의 화신 같으니…… 갑자기 난 뒤거시기 선생님이 너무너무 좋아지기 시작했다. 우리의 사랑스럽고 정 많은 사회복지사 뒤거시기 선생님. 바다라니! 얼마나 멋질까요……

---

* 벨기에 만화 시리즈 '땡땡의 모험' 중 하나.

다 취소할게요, 선생님. 선생님이랑 선생님의 남편 뒤거시기 씨와 선생님의 딸 뒤거시기 양에 대해 했던 말 말이에요. 선생님은 정말 좋으신 분 같아요.

　자, 이제 하무디 오빠네랑 만났던 이야기로 돌아가자. 하무디 오빠랑 릴라 씨는 장을 보면서 나한테 결혼계획에 대해 이야기해주었다. 두 사람 다 전통 결혼식을 올리고 싶어했다. 참, 희한하지. 전혀 그러지 않을 것 같은 사람들이. 어쨌든 릴라 씨의 부모님은 기뻐하시겠지. 릴라 씨는 마침내 부모님과 화해했단다. 사라의 아빠랑 결혼하기로 결심한 후 오 년 동안이나 서로 연락을 끊고 지냈다는데 정말 잘됐지. 하무디 오빠의 어머니는 막내아들이 결혼한다고 신이 나서 동네방네 외치고 다닌단다. 정통한 소식통 라시다 아줌마에 의하면, 이 결혼을 곱게 보는 사람은 별로 많지 않다고. 릴라 씨가 이혼녀인데다 흰둥이 프랑스인과의 사이에서 딸까지 낳은 여자라서 그렇다나. 그러건 말건 예비 신랑신부들은 아무 상관없단다. 그럼 됐지 뭐.

릴라 씨가 신발가게 '앙드레'에서 구두를 고르고 있는 동안, 난 하무디 오빠에게 나빌과 사귀고 있다고 털어놓았다. 오빠 몹시 기뻐했다. 나한테 무슨 큰 복이라도 굴러들어온 것처럼. 나도 오빠가 기뻐해주길 바라고 있었는데, 역시 내 생각이 맞아떨어졌다. 오빠는 애인 있는 여자를 뭐 취급하는 그런 남자가 아니다. 무슨 말인지는 독자 여러분도 잘 아시겠지……

"그러다 네가 우리보다 먼저 결혼하는 거 아냐? 나빌이란 녀석, 잘생겼냐? 혹시 내가 아는 놈 아냐, 응?"

"귀가 좀 당나귀 귀 같긴 하지만, 착하고 똑똑하고

또……"

"얼씨구! 알았다, 알았으니 그만해…… 이젠 '내일도 킵킵'이란 말, 입에 올릴 일이 없겠네……?"

맞아. 그 말을 한동안 잊어버리고 있었네? 하무디 오빠 기억력도 좋아. 문득 눈물이 쏟아지려 했다. 예전에 엄마랑 둘이서 외롭게 하루하루를 보내고 있을 때 내가 입버릇처럼 했던 말, 내일도 킵킵.

이젠 '내일도 킵킵'이 아니라 '내일은 키프키프'라고 말하고 다녀야지. 발음은 비슷하지만 뜻은 엄청 다르지. 우와. 난 정말 천재야. 이게 정말 내가 생각해낸 거란 말이야(나빌이라면 이렇게 말했을 거다……)?

그러고 보면, '인생사 돌고 도는 것'이란 말이 맞는지도 모른다. 인생이란 게 정말 바퀴 같은 것인지도. 〈카멜레온〉에 나오는 자로드가 '호모'라도 괜찮다. 나빌이 그러는데, 랭보도 그랬다고 하니까…… 그리고 아빠가 없어도 괜찮다. 아빠 없는 사람이 어디 한둘인가. 그리고 난 엄마가 있잖아……

게다가 엄만 날로 새로워져가고 있다. 이제 엄만 자

유로운 여자다. 읽고 쓸 줄도 안다. 심리치료 한 번 받
지 않고 혼자서 그 많은 시련을 다 이겨냈다. 이제『엘
르』지만 구독하면 완벽한 여자가 될 텐데. 내가 뭘 더
바랄까? 바랄 게 없겠다고? 천만에, 아직도 바랄 게
수두룩하지. 내가 살고 있는 곳부터 시작해서……
참, 그러고 보니 뭔가 번쩍하고 떠오르네. 나라고 정
치 못하란 법 있어? '미용사에서 대통령 후보까지는
불과 한 걸음……' 이런 말은 아직 아무도 들어본 적
없겠지? 앞으로도 이런 말을 많이 생각해내야지. 초
등학교 교과서에 이런 인용문이 많이 나오지? 나폴
레옹인가 뭔가 하는 위인은 이렇게 말했다며? '정복
당한 자들은 반란을 일으켜야 한다.'

난 파라디 임대아파트 단지의 반란을 주도할 거다.
신문마다 '여전사 도리아, 파라디 임대아파트 단지를
불태우다' 니 '혁명 전사, 파리 외곽을 폭발시키다' 니
하는 기사가 실리겠지. 하지만 난 영화 〈증오〉*에서

---

* 인종차별과 소외계층의 불만으로 범죄와 폭력이 만연하는 파리 근
교지역을 배경으로 한 영화.

처럼 '폭동'을 일으키고 싶진 않다. 결말이 그게 뭐야. 난 지적인 반란, 즉 폭력 없는 반란을 일으킬 거다. 그래야 우리가 서로를 제대로 알아볼 수 있지, 우리 모두를. 우린 축구와 랩만으로 살 수 없다. 랭보가 노래했듯 우리 모두는 '모욕당한 자들의 흐느낌'과 '저주받은 자들의 아우성'을 마음속 깊이 간직하고 있으니.

나빌이랑 자주 만나지 말아야겠다. 그랬다간 온순한 공화파가 되고픈 충동을 수시로 느낄 테니까……

# 열일곱 소녀가 뿌리는 희망의 씨앗

우리의 주인공 도리아는 열일곱 살 난 여고생. 어머니와 단둘이 파리 북쪽 변두리 리브리 가르강에서 외롭고 가난하게 살아가고 있습니다. '변덕쟁이' 아버지가 아들을 낳아줄 여자를 찾아 고향 모로코로 돌아가버렸기 때문이죠. 이렇듯 자신을 '엿 먹이는' 운명이 가끔은 원망스럽기도 하지만, 도리아는 날카로운 유머감각과 텔레비전 프로그램에 관한 '백과사전적인' 지식으로 단단히 무장한 채 그날그날을 즐겁게 보내려 애씁니다. '미래가 걱정스럽더라도 걱정만 하고 있어선 안 될 일'이니까요. 그리고 도리아의 곁에는 생뚱맞지만 인간미 넘치는 이웃들이 있으니까요. 늘 약에 절어 있지만 마음씨 하나만은 진국인 백수건달 하무디 오빠, 좀약 냄새를 풍기는 할머니 심리치료사 뷔를로 선생님, 화장과 손톱 손질에 목숨 거는 사회복지사 뒤거시기 선생님, 소문난 구두쇠지만 도리아네한테만은 외상을 척척 그어주는 구멍가게 주인 아지즈 아저씨 등등. 이 다정하고 익살맞은 이웃들을 통해 '꽁한' 사춘기 소녀 도리아는 사람과 세상 보는 눈을 넓혀갑니다. 그러던 중에 첫사랑을 만나죠. 비록 여드름투성이 '왕재수'지만 첫 키스를 훔쳐간 나빌을……

알제리인 부모님과 함께 파리 북쪽 변두리 팡탱에 살고 있는 올해 스물한 살의 작가 파이자 개네는 첫 소설 『내일은 키프키프 *Kiffe Kiffe Demain*』를 통해 자신과 같은 처지라 할 수 있는 북아프리카 출신 이민 2세대의 속내를 재기발랄하게 그려내고 있습니다. '연필 잡는 법을 배운 후로 계속 글을 써왔고, 글 쓰는 법을 배운 후로 계속 영화를 만들어온' 이력에 걸맞게(작가는 열세 살 때부터 팡탱의 영화서클 '씨 뿌리는 사람들'에서 단편영화를 만들어왔고, 이 소설이 발표된 2004년에는 프랑스 국립영화제작소의 지원을 받아 27분짜리 중편영화 〈오직 말뿐Rien que des mots〉을 제작, 발표하기도 했습니다) 텍스트의 세계와 이미지의 세계를 자유로이 넘나들며 사회적 약자로서의 조건을 두루 갖춘 사춘기 소녀가 자신만의 꿈을 찾아가는 모습을 때로는 진지한 성찰을 통해, 때로는 경쾌한 이미지를 통해 보여주고 있습니다. 그 속에선 전통에 집착하는 부모세대와 호기심 왕성한 자식세대 사이의 갈등, 여성에 대한 멸시와 폭력, 절도와 마약 밀매 등 북아프리카계 이민사회의 어두운 면도 고스란히 드러나지요. 그럼에도 불구하고 도리아의 이야기는 무겁거나 서글프기는커녕 싱그럽고 풋풋하기만 합니다. 세상을 향한 따뜻한 시선과 사랑스런 말투 때문일까요?

소설의 끝부분에서 폭력 없는 반란, '서로가 서로를 알아볼 수 있는' 반란을 꿈꾸는 도리아. 마지막 책장을 넘기며 생각해보았습니다. 작가가 뿌려놓은 희망의 씨앗—내일은 '키프키프'—이 우리네 도리아들의 마음속에서 파릇파릇 싹튼다면 얼마나 좋을까하고.

2006년 봄
김민정

옮긴이 **김민정**

서울대학교 불어불문학과를 졸업하고, 파리 제4대학에서 불문학 석사 학위를 받았다. 『감자일기』 『아주 긴 일요일의 약혼』 『이백과 두보』 『송고르 왕의 죽음』 『스코르타의 태양』 『오스카와 장미할머니』 『이브라힘 할아버지와 코란에 핀 꽃』 『모차르트와 함께한 내 인생』 『살인자의 건강법』 『공격』 『타네씨, 농담하지 마세요』 등을 우리말로 옮겼다.

문학동네 세계문학
## 내일은 키프키프

| | |
|---|---|
| 초판인쇄 | 2006년 6월 1일 |
| 초판발행 | 2006년 6월 8일 |

| | |
|---|---|
| 지 은 이 | 파이자 게네 |
| 옮 긴 이 | 김민정 |
| 펴 낸 이 | 강병선 |
| 책임편집 | 김지연 김미정 |
| 펴 낸 곳 | (주)문학동네 |
| 출판등록 | 1993년 10월 22일 제406-2003-000045호 |

| | |
|---|---|
| 주    소 | 413-756 경기도 파주시 교하읍 문발리 파주출판도시 513-8 |
| 전자우편 | editor@munhak.com |
| 전화번호 | 031) 955-8888 |
| 팩    스 | 031) 955-8855 |

ISBN  89-546-0161-8  03860

**www.munhak.com**

**문학동네가 펴낸 청소년들을 위한 책**

자기 앞의 생 에밀 아자르 | 용경식 옮김
"사람은 사랑 없이 살 수 있나요?"
열네 살 소년 모모가 들려주는 생에 관한 신비롭고 경이로운 이
야기. 아름답고 부드럽고 아이러니한 인생의 모든 비밀이 담겨
있다. 사랑을 깨닫고 그것을 실천하는, 평범한 사람들의 비범한
이야기.

숨쉬어 안 소피 브라슴 | 최정수 옮김
볼품없는 외모 때문에 자기혐오에 빠진 샤를렌은 독특한 매력
을 가진 사라와 친구가 된다. 그러나 그들의 우정은 지속되지 못
하고 둘은 계속 어긋나며 서로에게 상처를 주는데… 타인에게
인정받고 싶어하는 동시에 자아정체성을 찾고자 하는 이 시대
십대들의 아픈 초상.

한국간행물윤리위원회 선정 '청소년 권장도서'
몬탁 씨의 특별한 월요일 페터 슈미트 | 안소현 옮김
아버지의 파산과 어머니의 자살, 여자친구의 임신… 열여섯 살
고등학생 마크가 감당하기엔 벅찬 현실이다. 그러던 어느 날, 우
연히 만난 박물관 안내인 몬탁을 통해 마크는 새로운 내면세계
를 발견해나간다. 청소년들뿐만 아니라 아직도 성장통을 앓고
있는 어른들을 위한 이야기.